대한민국에서
학생으로 산다는 것

정명훈 지음

한·언

HanEon Community

대한민국에서
학생으로 산다는 것

내가 떨어질 때마다 나를 천사처럼 붙들어주신

사랑하는 부모님께, 따뜻한 가슴으로

나에게 희망이 담긴 편지와 이메일을 보내주며

글을 쓸 용기와 힘을 불어넣어 준 윤옥수 누나에게,

이 땅의 모든 초 · 중 · 고등학교 학생들,

그리고 선생님들에게 이 책을 바칩니다.

진정한 교양의 가장 효과적인 수단을 파괴해 버리는
온갖 교육이 다 무슨 소용이며, 우리에게 최후의 목적지만을 제시하면서
그리로 가는 과정 속에서 우리를 행복하게 만들어 주지 못하는
온갖 교육이 다 무슨 소용이란 말인가!

– 괴테 '빌헬름 마이스터의 수업시대' 중에서

추 천 사

'학교'는 사회의 축소판이며 작은 공화국이다. 하지만 지금의 학교에서 우리 학생들은 과연 무엇을 배울까?

자율성과 개성보다는 힘과 질서가 우선되는 곳, 일방적 권력과 부조리와 구조적 모순이 넘치는 곳, 끊임없는 수동성과 억압을 강요받아야 하는 곳… 그런 곳이 우리의 학교라면?

안타깝게도 정명훈 군이 체험한 이 땅의 학교는 그런 모습이었다. 더욱 가슴 아픈 것은 그것이 비단 명훈 군만의 '특별한' 체험이라기보다는 한국 사람이라면 누구나 공감할 수밖에 없는 이야기라는 사실이다. 물론 우리로서는 무심코 넘기거나 으레 그러려니 하고 무감각해진 일조차 명훈 군 눈을 통하면 여지없이 부끄러운 치부가 드러나지만.

다행스럽게도 명훈 군은 그가 겪은 '부정의 체험'을 비판이나 배척으로 끝내지 않았다. 그의 시선은 이제 고국의 현실에 대한 따뜻한 연민으로 드러난다. 그 징표가 바로 이번에 내놓는 이 책이다.

교육환경을 바꾸는 일은 교실이나 시설을 바꾸는 것이 아니다. 또한 체벌과 같은 물리적 폭력만이 폭력은 아니다. 교사가 학생을 인격적으로 대하는 태도, 학생들이 서로를 소외시키는 경쟁 관계가 아닌 파트너로 받아들이는 그런 교육 환경이 진정으로 우리가 추구해야 할 학교의 모습일 것이다.

부디 이 땅의 선생님들, 학부모들, 교육관계자 여러분 모두가 이 책을 읽고 새로운 교육의 모습을 진지하게 고민해 보았으면 하는 바람이다. 아울러 정명훈 군이 이 책을 통해 쏟아내는 우리 교육 현실에 대한 냉정한 비판과 고발이 우리 교육의 부정적 현실을 '단절' 시키는 마지막 글이 되기를 진심으로 바란다.

변 상 규

(목사, 침례신학대학교 상담학과 강사,
한국 치유목회 연구원 교수)

내 마음 속의 작은 상자를 열며

한때 나는 내가 한국인이 아니었더라면 좋았을 거라고 생각한 적이 많았다. 그렇지 못할 바에는 차라리 남들처럼 아예 한국에서 줄곧 성장했든지…….

한국에 돌아온 그 날부터 나는 어린 나를 미국으로 데려갔던 부모님이 그렇게 원망스러울 수가 없었다. 남들보다 영어 몇 마디 더 잘 하느니, 차라리 그 자리에 다른 아이들처럼 멕칸더 브이나 개구리 소년이 자리잡고 있었으면 얼마나 좋을까…….

도무지 이해할 수 없는 선생님들… 획일주의… 폭력… 나는 너무나도 낯선 문화적 충격 속에서 이방인 아닌 이방인으로 초등학교 시절을, 중학교 시절을 보내야만 했다. 그러면서 내 가슴엔 아주 단단한 못이 박혀 버렸다.

이 놈의 학교, 이 놈의 나라… 왜 그들은 '교육'을 생각할 때 아이들이 성장하면서 웃고 배우고 즐기는 그런 모습들을 떠올리지 않는 걸까? 인생을 배워나가는 그 모든 과정 자체를…….

"대한민국에서 학생으로 산다는 것"은 내게는 형벌이나 다름 없었다. 결국 고등학교에 입학한 지 4개월만에 나는 자퇴서를 내

밀었다.

그리고 내 나이 열여덟, 뉴질랜드에 가 있을 무렵 한 권의 책이 내 이름을 달고 나오게 되었다. 중학교 3학년 때부터 틈틈이 써온 글들이 월간 〈신동아〉에 '폭력교실'이란 제목으로 소개된 적이 있는데, 그것이 《당신은 나의 선생님이 될 수 없어요》라는 책으로 출간된 것이다.

당시에 나는 어린 시절을 미국에서 보낸 한국인으로서, 그리고 그런 과거를 짊어지고 너무나도 힘겹게 한국사회에 적응하며 사춘기를 보낸 이 땅의 학생으로서, 나의 눈과 가슴을 통해서 보고 경험했던 한국 교육에 대한 격한 감정과 반항기 묻은 분노를 여과 없이 풀어놓으려 했다. 그렇게 함으로써 나는 간접적으로 누군가로부터 위로를 받고, 또 내 또래의 비슷한 처지에 있는 학생들로부터 이해를 받고 싶었다.

하지만 그 여정 속에서 나는 사춘기의 분노를 한 권의 책 속에 어지럽게 쑤셔 넣고는 한국으로부터 도망이나 다니는 도망자가 되어 가고 있었고, 어느새 한국과는 너무나도 멀리 동떨어진 채로 혼자 남은 외톨이가 되어 있었다. 그 후 한국의 품으로 다시 되돌아오기까지, 정말 너무나도 오랜 시간이 걸렸다.

즐기고 놀며 마시기에도 바쁜 인생인데 숭고하고 성스러운 것들을 위해서 가뜩이나 짧은 나의 인생을 바쳐 노력해봤자 무슨 소용이냐고. 어차피 더럽고 어지러워지는 현대판 바빌론 속에서 밝고 좋은 사회를 만들겠다는 부질없는 유토피아의 환상을 쫓아가봤자 나한테 돌아올 것이 뭐가 있느냐고. 깨끗한 환경을 만든다며 허리 굽혀 쓰레기를 주울 필요가 있겠느냐고. 점점 더 허물어져 가는 교육 현실에 무슨 희망이 있느냐고. 어른들에 대한 존경심이 전혀 없다는 이 땅의 허물어지는 기둥들 사이에서 더 이상 무엇을 기대하면서 살아가냐고…….

하지만 나는 곤두박질치는 요즈음의 교육을 보며, 우왕좌왕하는 정치를 보며, 콜록거리는 사회를 바라보면서도 이 땅의 어딘지 모를 대지의 해동(解凍) 속에서 피어오르는 그 은은하고 포근한 향기에 몸을 녹여본다. 그 어느 때보다도 더 커다란 사랑과 따뜻함을 가슴에 품고서 다가올 봄을 기다려본다. 나는 희망을 버릴 수 없기 때문이다.

그 희망을 위해 지금 내가 이 땅에 조심스럽게 내미는 화해의 악수가 바로 이 책이다. 그리고 지금으로서는 이것이 이 땅의 부모님, 선생님들, 친구들, 아우들에게 줄 수 있는 나의 유일한 선물이다.

나는 어쩔 수 없이 한국을 사랑할 수밖에 없는 한국인이다. 그러기에 아직은 희망을 버릴 수 없다.

2002년 4월 봄의 문턱에서
정 명 훈

CONTENTS

뉴질랜드 vs 나 · 125

제 1 장

코리언 양키

2000년 7월

내 23년짜리 필름의 여러 순간들 중에는 별로 또렷하지 않은 장면들도 더러 있지만, 사진첩을 볼 때 유난히 눈에 들어오는 몇몇 사진들이 있는 것처럼 그 날의 날씨와 소리가 느껴지고 들리며, 눈앞에 다시 생생하게 살아나는 그런 날들도 참 많다.

여섯 살 때 엄마 침대 위에서 방방 뛰고 먼지를 내며 만화영화 주제곡들을 차례대로 쉴 새 없이 메들리로 부르던 그 날. 그때 방 문 앞에서 박수를 치시며 "옳지 우리 명훈이, 아이구야 잘한다!"를 내내 외쳐대시던 둘째 이모와 외할머니. 베녹번 스쿨 *Bannockburn School*에서 콘서트 때 반 친구들과 합창을 하다가 참지 못해 오줌을 그만 바지에 싸 버리고 말았던 그때 그 순간의 따뜻함. 친구들과 집 근처 호수에서 미꾸라지를 잡다가 그만 모두 다 호수에 빠져 버렸을 때 터져 나왔던 그때의 첨벙거리던 웃음소리들…….

지나간 내 23년의 삶을 수놓았던 그 조약돌들의 작은 해변을 찾아 내가 그 여행길에 다시 오르기로 마음먹은 것은, 21세기로 발을 들여놓던 첫 해, 지난 여름이었다.

매일 아침 9시까지 학교에 나와서 '헤세 도서관'의 문을 열고, 수업시간에 맞추어 강의실에 들어가고, 중국집에 가서 점심을 먹고, 5시에 아르바이트를 마치고 집으로 돌아오는 나의 '톱니바퀴 인생'은 매일같이 반복되었다. 그리고 한동안 그것이 나의 세계였다.

불과 몇 년 전까지만 해도 나는 대학에 갈 생각은 하지 않고 일찌감치 요리사나 되겠다고 마음먹으면서 남들 눈에 잘 안 띄는 부엌 구석에서 끓이고 볶고 썰면서, 빵집 모자를 쓰고 일하는 나의 청사진을 가슴 속에서 찍어보곤 했었다. 그런데 어느새 이렇게 나는 졸업을 1년 앞둔 대학 3학년생이 되어 있었다.

그 날도 나는 중국집에서 볶음밥을 먹고 온 뒤 컴퓨터 앞에 앉아 HWP문서를 HTML문서로 바꾸어 열심히 홈페이지에 올리고 있는 중이었다. 방학 동안 학교에서 아르바이트를 하는 근로 장학생으로서 나는 과 교수님이 운영하시는 '헤세 도서관'에서 얼마 전부터 일을 하기 시작했다. 불과 며칠 밖에 되지 않았기 때문에 도서관에 계시는 교수님 두 분과 나 사이에는 무척 어색하고 서먹서먹한 벽이 놓여 있었다. 비록 같은 과의 사제지간이긴 해도, 아무래도 불편한 것은 어쩔 수가 없었다. 그 벽을 허무는 용기를 먼저 발휘하는 쪽은 거의 언제나 교수님 편이셨다.

"음, 명훈이……. 내가 듣기로는 영어를 무척 잘한다고 하던데? 얼마 전에 2학년 아이들이 수업시간에 하는 얘기를 들었어."

"아, 예……. 어린 시절을 미국에서 보내서요, 아무래도 그게……."

나는 말끝을 흐렸다. 이제는 어른들의 얼굴을 보고도 지나치게

쫄지 않아도 될 텐데……. 나는 여전히 교수님들 앞에서 벌벌 떨면서 제대로 말도 하지 못할 때가 많았다. 잘못한 게 없어도 뭔가 꼭 잘못한 것 같은 느낌. 그것은 참으로 묘한 기분이다. 웃어른이시니까. 말을 조심해야 하고 존댓말을 또박또박 해야 하니까. 내 입에서 행여나 버르장머리 없는 말투나 어른들의 신경을 건드릴 만한 말이 새어 나올까봐 나는 늘 조마조마했다. 어쩌면 그것은 내가 가진 대인공포증의 한 곁가지인지도 몰랐다.

"어릴 적에 아버지를 따라 온 가족이 미국에서 살다 왔습니다……."

"응, 그래? 어릴 때 갔다 왔다면 영어는 웬만큼 하겠구나. 요즘 다 큰 학생들이 미국 가면 고생 많이들 한다잖아? 그래, 토익시험 같은 건 봐봤니? 몇 점 나오던?"

"최근에 본 거에서는요……. 985점요."

나는 자칫 새어나올지도 모르는 뜻하지 않은 어색함의 기미를 최대한 쑤셔 넣으며 기어 들어가는 소리로 얼굴을 붉혔다. 그리고 순간 그런 스스로의 모습이 참으로 우습다는 생각을 했다.

"이야아! 너 참 좋겠다. 남들은 요즘 그거 땜에 얼마나 고생을 하냐? 이거 우리 헤세 도서관이 덕 좀 보겠는데, 헐헐."

나는 너무나도 오랜만에 접해 보는 '선생님'이라는 부류로부터의 칭찬에 내심 뭉클한 미소를 지으면서도, 얼마 전 기말고사를 보기 전 영문과 학생들 앞에서 '어떻게 하면 토익시험을 잘 볼 수 있나?'에 대해서 발표했을 때를 기억으로부터 끄집어내며 순간 얼굴을 찡그렸다.

그것은 얼마 전에 응시했던 교내 토익 영어경시대회에서 1등을 하는 바람에 내가 치러야 했던 불가피한 대가였다. 난 그 때 정말로 발표를 하기가 싫었다. 기말고사 5분 전에 나와서 하는 사람의 발표를 어떤 미친 학생이 듣는담?

그러나 영문과 교수님은 몇 주 전부터 계속 발표를 강요하시면서 제발 시키지 말아달라는 나의 애절한 간청에도 '사내새끼가 뭐 그러냐?' 하는 자비 없는 눈초리만을 보내줄 뿐이었다. 그래서 나는 6학년 때의 끔찍했던 장면을 또다시 재현시키며 교단 위에서 몸을 벌벌 떨었다. 그리고 쪽팔림과 당황스러움에 몸 둘 바를 몰라, 스스로 영문과 학생들 앞에서 개망신을 당했다 생각하면서 얼굴을 깊게 파묻은 채로 기말고사를 치렀다. 발표를 하지 않으면 F학점을 준다고 해도 아마 난 좋다고 했을 것이다. 그 정도로 나는 남들 앞에 서서 발표하는 것이 싫었다.

아! 중학교 때와 고등학교 시절, 영어 때문에 얼마나 고생을 많이 했던가! 반 아이들은 수업시간만 되면 영어 선생님이 나를 편애한다며 견제하는 눈초리를 매섭게 쏴댔고, 일어서서 책을 읽을 때 나는 아이들의 '저 쉐끼' 하는 소곤거림이 들릴까봐 일부러 혀를 '굴리지 않기 위해' 주의를 기울였다.

중학교 3학년 때의 영어 선생님은 내가 100점을 못 받으면 반 아이들 앞에서 제일 먼저 나를 보고는 '병신새끼'라고 부르면서 콧방귀를 뀌곤 하셨다. 왜 내가 영어시험에서 매번 100점을 받지 못하면 병신새끼가 되어야 했던 걸까……

"좌아. 저번 시간에는 어디까지 했쥐이?" 하면서 선생님이 안경을 고쳐 쓰실 때면, 나는 늘 고개를 숙이고 울컥 복받쳐 오르는 뜨거운 눈물을 막기 위해서 무진 애를 써야 했다. 젠장, 그 망할 놈의 영어 때문에………. 그놈의 영어가 도대체 뭐 길래.

"몇 년 살다 왔니?"

"4년요."

"음, 별로 오래 살다 오지는 않았네?"

교수님께서는 콧노래를 부르시며 얼마 동안 책 정리를 하시더니 수업이 있다면서 곧 나가셨고, 나는 컴퓨터 의자를 빙 돌려 앉아 한동안 멍하니 천장에 붙어 있는 형광등을 바라보았다.

정말 그다지 오래는 아니었을까? 미국에서 보낸 4년이란 세월은 결코 긴 시간이 아니었을까? 아니다. 4년이라는 세월은 분명 길었다. 다만 그 시간을 돌이켜보는 데에 드는 머릿속의 상영시간이 불과 4초밖에 걸리지 않을 뿐이다.

그 날의 소년

"에이그 명훈아! 이놈아, 가만히 좀 있어 봐라! 오늘은 네 친구들을 볼 수 있는 마지막 날이잖아! 내일부터는 네 친구들 못 만난다구, 알아?"

미국을 향해 출발하던 1985년의 여름날. 담임선생님과 얘기를 나누시던 중 자꾸만 줄에서 삐져 나오는 나를 두고 엄마가 다그쳤다. 나는 엉거주춤 두 개의 줄로 나란히 선 반 친구들과 다시 어깨를 꼭 맞추었다.

참으로 출싹거리는 개구쟁이 초등학교 1학년짜리 꼬마였던 나는, 잠시도 가만히 있지 못하고 무릎으로 '둥다다' 드럼연주를 해대거나, 만화영화의 주제곡을 입가에 끊임없이 담고 있어야만 행복한 아이의 표정을 짓는 그런 어린애였다.

그 날은 미국으로 떠나는 날이었는데도 나는 어디를 향해 가는지도 모르면서 마냥 좋아서 방방 뛰며 나무에 팔을 기대며 사진을 찍었고, 친구들과 어깨동무를 하면서 무엇이 그리도 즐거운지 '씨익' 웃으면서 책가방을 덜렁덜렁 흔들어댔다.

운동장에 나와서 먼지를 피우며 깔깔거리는 수백 명의 아이들 속에 섞인 담임선생님과 반 친구들. 그 날은 초등학교에 입학해 처음으로 맞는 여름방학이 시작되는 날이었다.

지금은 이름도 다 까먹은, 얼굴도 잘 기억나지 않는 희미한 어린 시절 친구들. 작은 교실 안에서 울려 퍼지던 받아쓰기 연습. 점심시간이 되면 친구들과 하던 제기차기와 딱지놀이. 하얀 고무 실내화와 아톰 장난감. 문구점에서 사 먹던 기다란 갈색 쥐포. 그리고 태권 브이와 마징가 제트…….

작은 가슴에 그래도 꿀에 설렘을 품으면서 떠나는 날 나는 김포공항에서 외할머니와 엄마의 손을 꼭 붙잡았다. 그리고 우리 가족은 이모들과 친척들에 둘러싸여 서로 입을 맞추며 부둥켜안고는, 출국 게이트를 넘어서 그들의 얼굴이 더 이상 보이지 않을 때까지 손을 흔들어댔다.

우리는 그렇게 한국을 떠났다. 마치 내일 모레 다시 한국으로 돌아올 것처럼. 미국이 어디에 있는 곳인지, 얼마나 멀리 떨어져 있는 곳인지, 나는 알지 못했다.

그 때 아버지와 어머니의 심정은 어땠을까. 낯선 땅에서 공부하게 될 형과 나를 위해서 부모님은 어떤 생각을 갖고 계셨을까. 두려워하셨을까, 아니면 새로운 기대와 희망에 부풀어 계셨을까.

요즘 사람들이 타임머신을 타고 그 때 우리가족이 출국 게이트를 향하는 모습을 지켜봤다면, 아마도 아이들의 조기유학이나 교육을 위해 이민을 하려는 것으로 생각했을지도 모른다. 하지만 그 때 엄마 아빠는 '절망적인 한국 교육 현실'이라든지 '일찌감치 선진 영어권 나라에서 아이들을 키우고 싶은', 그런 이유 때문에 우리를 미국으로 데려가는 것이 아니었다. 단지 아빠의 인생이 내주는 활주로를 따라 우리 모두가 함께 달려가는 것뿐이었다. 자신의 대학원 공부를 위해 우리 셋을 두고 혼자 미국으로 갈 수가 없어, 아빠는 심사숙고 끝에 온 가족을 이끌고 미국 땅을 밟기로 한 것이었다.

그때 부모님은 비록 웃는 얼굴을 하고 계셨지만, 어떤 형태로든 두렵고 걱정스런 마음을 조금은 갖고 계셨을 것 같다. 하지만 아무것도 모르는 철부지였던 나는 옆자리에 앉은 아저씨의 카메라나 물끄러미 쳐다보면서 마냥 히죽 히죽 웃어대기만 했다. 비행기 안에서 왔다갔다하는 스튜어디스 누나는 가지고 놀라며 장난감 미니 비행기를 한 대 갖다 주었고, 생전 처음 먹어보는 '망고주스'는 이제 막 간장과 버터에 밥을 말아먹기 시작하던 나의 어린 입맛을 보기 좋게 버려놓기 시작했다. 저 밑에 보이는 코딱지만한 자동차와 개미 같은 사람들, 저 아래의 건물과 집들은 어느새 내 작은 손으로도 주무를 수 있을 것만 같은 작은 장난감 왕국이 되어 가고 있었다.

고국의 소리와 냄새로부터 점점 멀어지면서 나는 드넓은 태평양 위를 넘어 미국으로 향했다. 이제 막 돋아나기 시작하는 나의 한국적인 뿌리를 노랗게 염색해 버릴 미국물은 저 아래에서 넘실거리고 있었다.

사탕 나라

공항으로 우리 가족을 마중 나온 콜린스 박사 아저씨의 차에서 폴짝 뛰어내릴 때, 나는 하룻밤 사이에 바뀌어 버린 주변의 빛과 소리에 그만 넋을 잃고 하마터면 넘어질 뻔했다.

푸른 잔디밭, 하늘이 맞닿는 지평선까지 이어지는 울창한 나무 숲들, 나무로 지어진 집 앞 그늘에 모여 앉아 빙빙 돌아가며 술래잡기를 하는 금발 머리의 아이들. 영화 '나우 앤 덴 Now and Then' 같은 데서나 나옴직한 그런 동네의 모습이었다.

일리노이 주 시카고 Illinois Chicago 도심지에서 북쪽으로 1시간 가량 떨어진 디어필드 Deerfield에 자리 잡은 트리니티 Trinity 국제대학교의 기숙사 마을. 우리의 새로운 둥지였다.

레이건 대통령이 미국을 이끌어 가던 80년대 중반 그 당시 컴퓨터는 아직 8비트 두뇌를 가지고 있었고, 마이클 잭슨 Michael

··· 미국에서 피크닉 갔을 때

··· 집 앞에서 뛰노는 아이들과 함께

··· 베녹번 스쿨의 친구들

Jackson은 한참 '문 워크 Moon Walk'를 선보이며 음반가게마다 크게 진열된 BAD앨범 표지 앞에서 도도하게 폼을 잡으며 젊은이들의 우상으로 군림하고 있었다. 그리고 미래의 농구 스타 마이클 조던 Michael Jordan과 야구 선수 마크 맥과이어 Mark Mcgwire는 이제 겨우 기대되는 유망주로서 사람들의 눈에 막 띄기 시작하고 있었다.

폭력과 마약, 그리고 섹스를 광고하기에 아직은 컴퓨터나 미디어가 미숙했던 시기였기에 '멋모르는' 아이들의 놀이문화는 대부분 집 밖에서 자연과 함께 손을 잡는 활동들이 주를 이루고 있었다. TV와 연결하는 아타리 Atari2600 전자오락 시스템들이 획기적인 닌텐도의 등장 앞에 급속도로 자취를 감춰가던 1987년 무렵부터는 아이들이 점차 집 안에서 노는 시간들이 많아지긴 했지만, 숲 속에 나무집을 짓고 여름 내내 연못에서 거북이와 물고기 그리고 개구리를 잡으면서 놀고, 겨울에는 꽁꽁 언 연못 위에서 스케이트를 타고 높은 언덕에서 썰매를 타며 내려오던 아이들 속에는 나도, 그리고 내 친구들도 있었다.

형과 내가 4년 동안 다녔던 베녹번 스쿨은 규모가 매우 작은 학교였지만, 일리노이 주 전체에서도 확고한 자리를 차지하고 있는 명망 있는 학교였다. 비교적 먼 곳에서 통학하는 미국인, 유태인계 친구들 중에는 가족들 중 누군가가 페라리나 람보르기니 같은 고급 스포츠카를 몰고 다니는 사람이 있을 정도로 부족함 없이 자라나는 아이들도 있었고, 4학년 때 전학 온 쌍둥이 남자아이들 찰리와 벤지의 아버지 필 잭슨 Phil Jackson 아저씨는 얼마 후 시카고 불스 *Chicago Bulls*의 농구팀 코치가 되었다.

4년 간 나는 한국의 네모 반듯한 성냥갑 같은 학교 건물과 운동장의 뽀얀 먼지로부터 벗어나 일리노이 주의 한 미국 학교에서, 붉은 카펫 융단과 하얀 벽돌 속에서 울려 퍼지는 바이올린 소리와 오색찬란한 색종이에 둘러싸인 그런 동화 속의 세상을 살았다. 몽롱한 꿈 같았던 그 순수의 시대. 그 평온한 주술 속의 포근한 연기가 풀리면서 비로소 내가 깨어났을 때, 한국은 나를 격렬하게 흔들어 깨웠다.

아기 진달래

1989년 여름. 우리 가족은 4년 전에 살던 대전의 N동에서 약 10km쯤 떨어진 곳의 K동 아파트 단지로 이사를 했다. 그리고 그곳에서 나는 나의 세 번째 초등학교인 K초등학교를 만났다.

4년 전 김포공항을 나섰을 때처럼 나는 엄마의 손을 꼭 붙잡고 아파트 담벼락 밑으로 기다랗게 난 계단을 따라 새 학기의 북적대는 검은 머리의 홍수 속으로 뛰어 들어갔다. 아이들 속을 어미 뱀과 새끼 뱀처럼 비집고 다니면서 나는 엄마와 함께 학교 근처의 조그마한 문구점에서 자동차 모양의 연필깎기와 공책 몇 권, 그리고 필통과 지우개 등을 샀다.

나도, 그리고 한국도 그동안의 세월이 덧입혀 주는 새 옷을 입고 있었다. 그렇지만 흙으로 누렇게 덮인 운동장과 사각형 모양의 레고블록 같은 학교 건물은 변함 없는 옛 모습 그대로였다.

내 머리 위를 육중하게 뒤덮는 거대한 그림자의 주인 앞에서 나는 다른 아이들처럼 하얀 고무신을 꺼내들었다. 어렴풋이 기억나는 하얀 실내화……. 나는 나무로 만든 기다란 복도에서 미끄러질세라 얼음 위를 걷는 듯이 뒤뚱거리며, 양복을 입은 한 선생님의 뒤를 따라갔다. 우리들은 '4-5'라는 네모난 사인이 걸려 있는 어느 교실 앞에서 멈추어 섰다.

4학년 5반. 한 학년에 한 교실뿐이었던 꿈 속의 작은 공간이 이곳 한국에는 7개나 있었다. 하긴, N초등학교의 1학년 교실은 12개였는데……. 작은 공간 속의 수많은 까만 머리와 검은 눈동자의 아이들. 나는 곧 이은 갑작스런 아이들의 박수소리에 휩싸였다.

미국에 있을 때, 한국에서 둘째 이모가 보내주신 두꺼운 전과와 수련장을 통해 엄마는 틈틈이 시간을 내어 나에게 한글을 가르쳐주셨다. 하지만 한국에서 초등학교 1학년 때 겨우 한글에게 자리를 내어주기 시작하던 내 머리와 혀를 영어는 무섭게 점령해 버리고 말았고, 그 속에 한글이 비집고 들어갈 틈은 별로 없었다. 이상하게도 어머니와 식탁에 앉아 한글 공부를 할 때면 늘 친구 헥토르와 마크, 폴, 그리고 밀리건이 우리 집 문을 두드리곤 했었다.

선생님은 나에게 이름을 칠판에 써보라고 하셨다. 그나마 그때 '이름'이라는 말은 알아들었기 때문에 나는 칠판에 내 이름을 쓸수가 있었다. 어설프게 '정명훈'이라고 써놓곤 뒤돌아 서서 멍하니 창문 밖을 보고 서 있었는데, 선생님은 내 뒤통수에 손바닥을 갖다 대시며 고개를 숙이게 했다. "친구들한테 인사해라." 하는 선생님의 말을 알아듣지 못했기 때문이었다.

선생님과 아이들 두 명이 교실 밖으로 나간 뒤 나는 앉아 있는 아이들 사이를 지나 교실 뒤쪽으로 갔다. 그 때 엄마는 교실 밖에서 "잘하고 와!"를 소리 없이 외치시며 나에게 손을 흔들고 가셨다. 아이들이 걸어 놓은 스케치북들을 구경하면서 나는 선생님이 돌아오시기만을 기다렸다. 반 아이들은 모두 아무 말 없이 나를 말똥말똥 쳐다보고 있었다.

내가 미국에서 1학년부터 4학년까지의 과정을 거쳤다는 것을 감안하면 사실 한국에서는 5학년부터 시작해야 했다. 하지만 엄마는 학교생활에 적응하기 쉽도록 일부러 한 학년을 낮춰서 다니게 하셨다. 그렇게 해서 나는 내 또래의 옛 고향 친구들보다 한 학년이 늦게 되었다. 4년 전 미국으로 가던 날 어깨동무를 하며 함께 사진을 찍었던 나의 1학년 친구들……. 그 아이들은 지금쯤 어디에 있을까? 어느 학교에 다니고 있을까?

어색한 몸짓으로 실내화 가방을 빙글빙글 돌리고 있을 즈음 아까 나갔던 두 명의 아이들이 덜컹거리며 새 책상과 의자를 가지고 들어왔다. 미국의 텍스트북들보다 크기가 작은 얇은 표지의 교과서들. 하지만 '4-2'라고 적혀 있는 그 책들 속의 작은 글자들을 나는 읽을 수가 없었다.

나는 수업이 끝나고 쉬는 시간이 되면 교실 뒤쪽 책꽂이에 꽂혀 있는 세계 위인전집 따위를 열심히 읽어 내려가기 시작했다. 다행히 한글을 가르쳐주신 엄마의 노력에 힘입어 대충 읽을 줄은 알았지만, 그 속도가 너무 느렸기 때문에 차라리 그것은 고대문자를 해독하는 것 같은 작업이나 다름없었다.

한국이 전문적으로 제작해서 세계로 수출하는 자랑스런 '스터디잉 머신 *Studying Machine*' 들의 초등 생산공장의 컨베이어 벨트에서 나는 다른 아이들보다 훨씬 뒤쳐진 곳에서 그렇게 덜컹거리고 있었다.

신교육 협주곡

맨살과 나무 막대기가 서로 빠른 속도로 부딪히면서 내는 따끔한 소리를 나는 한 달쯤 지나 처음으로 들어보게 되었다. 아직 한글이 나의 두뇌에 제대로 입력되어 있지 않은 상태였기 때문에, 나는 시험지의 어려운 문제들을 대부분 찍을 수밖에 없었다. 그렇게 치른 사회과목의 쪽지 시험에서 나는 44점을 받았다.

"에, 명훈이. 지금까지는 말이다 선생님이 미국서 왔다고 봐주고 그랬었는데……. 오늘부터는 맞자? 다른 애들한테 불공평하니까 말야……."

그렇게 말씀하시고는 선생님은 손에 쥐고 있던 가느다란 나무 막대기를 내 앞에서 들었다. 나는 다른 아이들이 모두 지켜보는 가운데서 그 막대기로 5대를 맞기 시작했다. 그 순간적인 두려움 속에서 나는 본능에 호소하듯 따뜻한 그 어떤 곳을, 여기가 아닌 그 어딘가를 찾아 나섰다.

'고틀립 선생님, 이럴 때는 어떻게 해야 되나요!'

나는 베녹번 스쿨의 조용한 교정과 사과나무가 있던 놀이터를 생각하면서 눈을 감았다. 수시로 복도를 걸어 다니시며 학생들을 보살펴 주시던 닥터 슬로운 교장선생님. 항상 손에 뭔가를 잔뜩 묻힌 채 '봉주르!'라고 외치시며 미술실에서 마치 어린아이처럼 우리들을 반겨 주시던 레고넥 선생님. 그 유치한 웃음들과 연약함들, 그 나약함들. 미국사회를 좀먹는다고 하는 그런 가소로운 방종들…….K초등학교는 내게 그 따위 어설픈 감정을 품는 것을 허락하지 않았다.

'유구한 5천 년의 역사를 통해 내려오는 전통을 상대로 일개 애송이가 감히 도전을 하려 한단 말이더냐? 그런 사치는 이제 버려! 너는 지금 미국에 있는 게 아니다, 이놈아!'

한 대, 한 대 매가 손바닥을 내리칠 때마다 나는 회초리 소리와 함께 들려오는 단군 후예들의 따끔한 훈계를 들었다. 나는 벙벙한 표정을 얼굴에서 지우지 못한 채 한동안 멍하니 앉아 있었다. 그리고 다시 정신이 들었을 때, 나는 '이곳 한국에서는 시험이라는 것을 못보면 매를 맞는구나' 하는 간단하면서도 차가운 데이터를 내 작은 머릿속에 입력시켰다.

신데렐라

그 해 가을 수백 명 아이들의 함성과 뿌연 모래 연기 속에서 열렸던 K초등학교 운동회. 하얀색 웃옷과 파란색 반바지를 입고 빽빽이 늘어선 아이들과 구경하러 나온 학부모들로 학교 운동장은 어디에도 발 디딜 틈이 없었다. 국민 체조와 달리기, 부채춤, 기마전, 그리고 워크 댄스 *Walk Dance*…….

… 초등학교 운동회. 하얀색 웃옷과 파란색 반바지를 입은 수백 명의 아이들 속에 나도 끼여 있었다.

운동회를 열기 몇 주일 전부터 아이들은 선생님들의 지도에 따라 운동장에서 춤 연습을 하기 시작했다. 수백 명의 아이들 속에 섞여 나도 반 아이들이 하는 동작을 따라했다. 그런데 나는 앞의 체육 선생님의 구령소리를 한 박자 늦게 알아들었기 때문에, 다른 아이들이 하는 동작을 대충 따라하는 수준에만 머물러 있었다.

어느 날 오후 한참 몸을 열심히 움직이고 있을 때, 순간 느닷없이 내 뒷머리에서 강한 불꽃이 섬광처럼 번뜩였다. 꽝하고 나를 내리박는 그 힘에 휘청거리며 넘어지지 않기 위해 나는 땅을 짚었고, 손바닥에는 모래가 묻었다. 누군가의 주먹이 허공에서 부르르 떨고 있었다.

"야, 넌 뭐 하는 놈이야 임마! 제대로 따라하지 못해? 으떤 반 새

끼야 이거?'

한 선생님이 나를 노려보고 계셨다. 내가 너무 춤을 못 춰서 화가 나셨던 모양인지 그 선생님은 잔뜩 찌푸린 얼굴로 저만치 앞에서 계시는 담임선생님을 향해 성큼성큼 걸어 가셨다. 멀찌감치에서 나에게 손가락질을 하면서 따지는 그 선생님과 나를 바라보면서 끼고 있던 팔짱을 풀고 고개를 내저으시는 담임 선생님. '아기 공룡 둘리'의 음악에 맞추어 계속 춤을 추는 반 아이들. 온 세상이 나를 조여 오고 있었다.

조금 뒤에 그 선생님이 "네가 미국에서 온 아이인 줄 몰랐다." 하고 미안하다며 내 등을 토닥거리고 가셨을 때, 나는 왈칵 솟구치는 눈물을 참지 못해 그만 그 자리에 풀썩 주저앉고 말았다. 나는 마치 혼잡한 기차역에서 보호자를 잃어버린 꼬마 아이처럼 훌쩍거리기 시작했다. 일사불란하게 움직이는 아이들은 점점 더 사방에서 희미해져 갔고 내겐 더 이상 아무것도 보이지도, 들리지도 않았다. 어린아이의 바보 같은 마음. 그 순간 내 마음의 한 조각은 영원히 떨어져 나갔다.

불과 두 달 전 일리노이 주 국회의원의 축하를 받으며 '좋은 영양 섭취'를 주제로 한 포스터 그리기 대회에서 대상을 거머쥐고 상패와 상품을 건네받을 때까지만 해도, 나는 이담에 커서 훌륭한 사람이 되겠노라고 다짐을 했었다. 멋진 예술가가 되는 꿈을 꾸었다. 그러나 그 원대한 꿈은 이제 선생님들한테 맞지 않고 초등학교를 졸업하는 일, 죽지 않고 무사히 살아남는 일과 같은 원시적 근심으로 점차 변모되어 가려 하고 있었다.

한순간이라도 방심할 수 없는, 잘못하면 안 된다는 긴장감. 스무 명 남짓한 작은 교실 안에서 '연약'하게 웃으며 '흐트러지던' 베녹번 스쿨의 내 모습은, 이곳에서는 아무짝에도 쓸모가 없는 가냘픈 존재였다. ○학년 ○반 ○번. 수백 명의 하얀색 웃옷과 파란색 반바지 중의 작은 점 하나……

카멜레온

4학년 2학기가 나를 '기어오르지 못하게' 혹독하게 길들여나가기 시작할 무렵 나는 2명의 '소문난' 아이들을, 내 학창시절에 커다란 획을 그을 두 명의 주인공들을 만났다. 그 둘은 싸움도 잘하고, 이미 어릴 적부터 카리스마를 발산시키기 시작해 동네에서 소위 '잘 나간다'는 아이들이었다.

어느 날 친구들과 학교 운동장에서 주먹야구를 하고 있었을 때, 내 차례가 되어 나는 팔을 한껏 옆으로 빼고 공을 칠 준비를 했다. 그런데 무슨 일인지 저 앞에서 공을 던지던 아이는 주춤거리면서 이상한 표정으로 나를 바라보았다. 동시에 내 근처에 서 있던 아이들은 뒤쪽에서 걸어오는 누군가에게 길을 열어 주고 있었다.

"니가 미국서 온 새끼냐?"

나는 그 아이를 무시하고 계속 야구를 하려고 했다. 그러나 그 아이는 그 틈새를 놓치지 않고, 마치 파충류가 혀로 먹이를 낚아채듯 내 팔목을 순간적으로 휘어잡으면서 때리려는 자세를 취했다. 그의 오른쪽 팔이 공중에서 나를 매섭게 노려보고 있었다.

나는 움찔거리면서 내심 두려움에 벌벌 떨었다. 그런데 그 아이는 내가 '미국서 온 새끼'라 봐주고 싶었는지, "으이구, 오늘은 내가 그냥 봐준다." 하는 말과 함께 그 올무에서 나를 풀어주며 유유히 다른 곳으로 사라졌다. 그 아이의 이름은 '김준호' 였다.

그 후 며칠 뒤 나는 운동장 구석에 있는 작은 연못가에서 물고기 구경을 하다가 그만 실수로 작은 종이조각 하나를 연못에 빠뜨리고 말았다. 그래서 그것을 건져내려고 물 속으로 얼른 손을 집어넣었다.

"야, 너 임마 뭐하냐? 쬐그만 게…, 너 3학년이지?"

한 줄의 대사로 등장하는 또 다른 인물이었다. 내 옆에서 연못 구경을 하던 그 아이는 그렇게 버럭 겁을 주면서 나를 쳐다봤다. 나는 보통 아이들보다 키가 작은 편이었는데, 그 아이는 유난히 키가 컸다. 내게 3학년이라는 말을 할 법도 했다. 그러나 그 아이는 그 한마디만을 던지고는 더 이상 내게 아무 말도 하지 않고 그 자리를 떠났다.

나중에 알게 되었지만 그 날 나는 운이 좋았던 거였다. 그 아이는 김준호 못지않게 또 유명한 '차동권'이라는 소년이었다. 그 후 2년 동안 초등학교를 졸업할 때까지 나는 이 두 인물들과는 두 번 다시 부딪치지 않았다. 그러나 이것은 훗날의 격돌을 알리는 짧은 예고편일 뿐이었다.

70 센티미터의 두려움

5학년의 새 학기를 시작할 무렵에는 나도 한글을 다른 아이들과 거의 같은 수준으로 구사할 수 있을 정도가 되었다. 한국말을 발음할 때 여전히 약간의 영어색채가 배어 나오긴 했지만, 그럭저럭 한국말도 잘하게 되었고 조금은 지저분하고 왁자지껄한 한국의 학교생활에도 어느덧 익숙해지기 시작했다. 그러나 월말고사, 중간고사, 기말고사 등등 거의 매달 쉴 새 없이 열리는 시험들 때문에 나는 적잖은 곤욕을 치러야 했다.

5학년의 새 담임선생님은 시험 성적이 좋지 않다고 매를 들지는 않으셨지만, 그러시던 선생님도 1학기가 거의 다 끝나갈 무렵부터는 가끔씩 시험 성적이 안 좋다는 이유로 우리들의 몸에 붉은 띠들을 새겨 넣기 시작하셨다. 나는 매맞는 것이 무엇보다도 무서웠기 때문에, 그 공포에 가까운 순간적 고통을 피하고자 있는 힘껏 공부를 붙잡았다. 매 안 맞는 '선생님의 애완동물'이 되기 위해서 나는 공부에 매달리기 시작했다.

나는 '○○학습' 같은 문제집 속의 빈칸을 연필로 채워나가며, 부지런히 동그라미와 가위표들을 쳐나갔다. 그리고 두꺼운 전과에 빼곡하게 들어선 글자들을 연필의 동그란 올가미로 검게 묶고 밑줄 쳐나가면서, 나는 그 '공부'라고 불리는 작업에 매달렸다. 시험이 끝나 버리면 머릿속에서 도망가 버리는 그 놈들을 일단 붙잡아 놓기 위한 그 수작을, 나는 선생님의 몽둥이가 두려워서 했다. 그리고 그 두려움은 우등상장으로 변화되어 2학기의 반장선거로 이어졌다.

인형 놀이

5학년의 여름방학이 지나간 2학기 초. 학급마다 반장선거가 열리고 있었다.

"자, 이들 중에서 반장 후보로 추천하고 싶은 사람이 있으면 어서들 손들고 발표해 봐라."

선생님은 1학기 때 성적이 좋았던 아이들의 이름을 칠판에 적어나가기 시작하셨는데, 그 중에는 내 이름도 끼여 있었다. 아이들은 곧 앞 다투어 손을 들면서 공부 잘하는 아이들의 이름을 교실 앞으로 던져대기 시작했다.

누가 내 이름을 부르기라도 하면 어쩌지 하는 걱정을 했지만, 다른 아이들의 이름이 많이 올라갔기 때문에 이내 나는 안도감의 방석을 깔고 앉아 관객의 일원이 되었다.

"쟁맹훈이요!"

그러나 마지막에 내 친구 한 명이 나의 이름을 찔러 넣었다. 아무리 친구라고 했지만, 그 때는 정말이지 배시시 웃는 그 애의 얼굴에 침이라도 뱉고 싶은 심정이었다.

반장은 일단 공부의 신(神)이라고 불릴 만한 성능을 기본적으로 지니고 있어야 했는데, 4학년 때 반장이었던 공부 잘하는 한 여학생은 전 과목을 통틀어서 겨우 두세 문제만 틀려도 단지 그것 때문에 영영 울곤 했었다.

시험에서 늘 100점 근처를 맴돌아야 진정으로 인정을 받는 반장이라는 자리. 그 부담감을 나는 상상조차도 할 수 없었다.

"절대로 저를 뽑지 마십시오. 제가 학급 임원이 되면 우리 반은

망합니다." 라고 말해서 나는 내게 주어진 모든 가능성을 막아 버리고 싶었다. 그러나 그런 식으로 말했다가 조금 전에 얻어맞은 한 친구가 있었기 때문에, 나는 "저를 학급 임원으로 뽑아주시면 여러분의 손과 발이 되어 열심히 일하겠습니다."라는 꼬마 정치가의 거짓말을 억지로 내뱉었다.

내 짝꿍 현정이는 비록 자신도 후보로 올랐지만, 반장이 될 마음은 없었는지 나를 찍어주겠다며 나의 귀에 속삭였다. 사실 나는 현정이가 반장이 되었으면 좋겠다는 생각을 하고 있었다. 그러나 현정이는 그런 속셈을 여성만이 지닌 센서기능으로 감지해 내었는지 "너어, 나 찍음 죽어……. 알았지?" 라고 한번 더 귀띔해 주며 나를 째려봤다. 그래서 나는 일부러 예쁜 글씨로 다른 여학생의 이름을 써냈다.

'내가 혹시라도 뽑히면 어떡하지…….'

나는 불안함 속에서 칠판을 바라보았다. 그런데 사태는 점점 더 나의 걱정이 현실화되는 쪽으로 기울어 가고 있었다. 현정이와 내가 비슷한 표수로 선두를 다투고 있는 것이었다. 개표 내내 나는 속으로 '안 돼! 안 돼! 안 돼!' 를 외쳐댔지만, 결국 6표 차로 내가 당선이 되었다.

사방에서 반 아이들은 너도나도 떠들기 시작했다. 그 순간 단 하나의 불꽃이 머릿속에서 지지직거리며 타오르기 시작했다면, 그것은 '기권을 한다' 는 소극적인 생각을 드러내야겠다는 의지였다. 나는 '공부의 신' 이 될 자신도, 능력도 없었다.

"정명훈, 여기로 올라와서 소감발표를 하도록!"

나는 교탁 앞에 서기만 하면 온몸이 부들부들 떨렸고, 목소리도 덩달아 심하게 흔들렸다. 1학기 때에는 음악 시간에 앞에 나가 노래를 부르다가 목소리가 너무 심하게 떨리는 바람에 망신을 당한 적도 있었다. 그래서 나는 교실 앞으로 나가지 않고 제자리에서 일어나 곧장 말을 꺼냈다.

"선생님, 저…… 솔직히 반장하고 싶지 않은데요……."

"'샌생냄, 반장하고 싶지 않은데요'가 어디 있어 이 녀석아, 아이들이 뽑아줬으면 반장답게 행동하는 거야."

그리고는 선생님은 들고 계시던 작은 수첩을 닫으셨다.

"자아, 박수우!"

아이들은 저마다 "와아!" 하는 소리와 함께 그 선동의 대열에 동참했다.

"미국에서 살다 와서요……. 경험도 많이 부족하고, 아직은 학교 생활에 적응하는 중이라서요……."

나는 지워져 가는 아이들의 박수소리를 이어가면서 말했다.

"'적응을 못해서요……. 기권하고 싶어요'가 어디 있어!? 너 정명훈이, 불알탱이는 달고 나왔냐?"

"어오오으으……! 꺄르르!" 하는 여학생들 특유의 웃음이 사방에서 터져 나왔다.

"어오, 뭐여……. 박수 값 내놔! 어오!"

남자아이들도 이내 쑤군대며 한마디씩 내뱉기 시작했다. 나는 입 안쪽의 뺨을 깨물면서 계속 서 있었다.

"그래……. 그렇다면 현정이가 반장을 해야겠네."

한참 있다가 선생님은 할 수 없다는 듯이 그렇게 고개를 내저으셨다. 내가 제자리에 앉을 때 현정이는 나의 허벅지를 세게 꼬집었다. 나는 그 따끔거림에 "아야" 하는 소리 없는 비명을 지르긴 했지만, 속으로는 안도의 숨을 내쉬었다. 그 수많은 '반장으로서의 의무'를 짊어지지 않아도 됐기 때문이다.

그 다음 날부터 현정이는 "차렷! 경례"를 시작으로 반장노릇을 하기 시작했다. 그러나 무슨 이유인지 내가 기권한 이후로 친구들과 현정이는 조금씩 나로부터 멀어지기 시작했다. 나의 용기 없음과 연약함은 어쩌면 내가 그때부터 그렇게 스스로 선택해 가기 시작한 길이었는지도 모른다.

등대지기

생일날짜 순서로 번호가 주어진다고 했을 때, 1년을 늦춘 나는 항상 1번이 될 수밖에 없었다. 그것은 5학년 때도 마찬가지였다. 하지만 1번이라는 번호는 좀처럼 잘 불려지지 않는 번호였다. 그래서 나는 1번이 싫지가 않았다.

6학년이 시작되던 새 학기 첫날. 그 상쾌한 기분은 왠지 좋은 하루를 허락해 줄 것만 같은 푸른 신호를 보내주었다. 나는 정말로 그 행운의 끈을 끝까지 놓치지 않고 언제까지나 그것을 붙들고 있고 싶었다.

"1번 나와서 노래 불러!"

'허걱' 하는 심장마비에 걸리는 것 같은 그런 숨막히는 소리는 만화책에서나 나오는 의성어가 아니다.

"선생님은 노래를 참 좋아해서 오늘부터 매일 한 명씩 노래를 부르게 할 겁니다. 오늘은 첫날이니까 1번, 내일은 2번 이런 식으로…… 자, 그래 1번이 누구였지?"

초롱초롱한 눈으로 두리번거리시는 선생님을 보면서 나는 앞으로도 계속 노래를 시킨다는 그 말에 또 한번 가슴을 움켜잡았다. 반 앞에 나가서 노래나 발표 같은 것을 하는 것이 무엇보다도 싫은 나였는데, 기분 좋은 새 학기 첫날부터 노래를, 그것도 제일 먼저 하라니!

나는 마치 깁스를 감은 다리를 힘겹게 끌고 가듯 실내화를 무겁게 옮겨가며 교탁 앞에 잔뜩 구겨진 표정을 들고 올라섰다. 선생님은 그 사이에 이미 음악 감상 자세를 취하고 계셨다. 한쪽 다리를 다른 쪽 무릎에 걸치고 두 손으로 뒤통수를 받친 채, 눈을 감고 계셨다. 내 앞에는 무려 100여 개의 눈동자들이 나를 주시하고 있었다. 나는 노래를 할 용기를 마음 깊은 곳 우물 속에서 끄집어내지 못해 가만히 선 채로 자리를 지키고 있었다. 바보 같은 놈. 그때는 그냥 죽이 되든 밥이 되든 무작정 노래를 불렀어야 했다.

"……응, 왜 안 불러?"

감고 계시던 눈을 살며시 뜨며 담임선생님은 교단 위에 선 나를 바라보았다.

"저……. 가사를 끝까지 아는 노래가 하나도 없는데요."

"뭘 몰라? 6년 동안 배운 게 없어? ……허!"

선생님의 입에서 박차고 나오는 그 '기가 막히다'는 한숨소리는 조용한 교실 속에서 너무나도 크게 확대되어 들려왔다.

"미국에서 왔대요······."

때마침 그 때 맨 앞줄에 앉은 몇몇 아이들이 희망의 가느다란 밧줄을 나에게 내려줬다.

나는 그 말이 조금이나마 선생님의 마음을 움직였으면 하고 간절히 바랐다. 아니, 노래를 부르더라도 제일 처음이 아니라, 좀 나중에 부르도록 해주셨으면 했다. 낯선 아이들 앞에서 새 학기 첫날부터 웃음거리가 되고 싶진 않았기 때문이다.

"그럼, 아는 데까지만 하고 들어가."

하지만 나는 그 두 번째의 기회조차도 그냥 흘려보내며, 교단 위에서 그저 가만히 고개를 숙이고 서 있었다. 그렇게 조용히 3분 정도의 시간이 흘러가 버리자 선생님은 갑자기 두 눈을 부릅뜨면서 두 발을 바닥에 쾅하고 내려놓았다.

"······너 임마! 나가! 뒤로 썩 나가!"

나는 순간적으로 놀란 가슴을 추스르며 교실 뒤쪽으로 얌전히 물러났다. 차라리 벌을 받는 것이라면, 그게 더 좋았다. 하지만 그 벌은 내가 견뎌내기에는 너무나 모질고 잔인한, 혹독하고 자비 없는 분노에서 끓어오르는 새 담임선생님의 형체 없는 회초리였다.

"에이, 저 새끼 때문에 수업 5분이나 날아 갔잖아!"

나는 아무런 방패도 없이 선생님의 화살을 그렇게 교실 뒤에서 고스란히 맞기 시작했다.

"저런 놈은 말이다, 사회에 나가면 으림도 읍쓰! 으림도! 니네들도 알아둬라. 사람이 말이야 응? 무슨 용기가 있어야지, 참 나!"

멀찌감치 떨어져 있었어도, 선생님이 던지는 그 화살들은 너무나도 크게 회전하면서 내 가슴을 뚫고 지나갔다. 교실 속 아이들의 비웃음들이, '내가 저 애가 아니라서 참 다행이야!' 하는 안도의 숨소리들이 사방에서 나를 공격해 오는 것만 같았다. 하지만 나는 꾹 참았다.

나중에 선생님이 무슨 욕을 하는지도 더 이상 귀에 들려오지 않을 때까지, 나는 고놈의 눈물이 새어나오지 못하게 있는 힘을 다해 얼굴을 찡그렸다. '가슴이 아프다'라는 말은 단지 여섯 글자로 된 짧은 문장이 아니다. 그것은 사람이라면 누구나 경험할 수 있는 몸서리처지도록 생생한 하나의 분명한 느낌이다.

"저 자식은 이담에 커서도……. 아니, 노래 하나 부르라는데도 못해?! 참나, 내 지금껏 선생하면서 많은 애들을 봤지만, 저런 놈은 처음 본다! 처음 봐!"

교실 뒤의 나만의 작은 사각형 위에서 나는 손등으로 수치심과 창피, 6학년짜리의 산산조각난 자존심을 애써 주워 모으고 닦아냈다. 그리고 '노래 못하는 새끼들의 순교자'로 나를 가차없이 불태워 버리는 선생님의 '이런 놈, 저런 놈' 하는 설교를 훌쩍거려 가면서 들었다.

방과 후에 나는 운동장 구석으로 달려갔다. 몇몇 친구들은 말 그대로 울면서 하루를 보낸 나를 따라오며, 그들이 할 수 있는 최선의 위로를 다 했다.

"울지 마, 명훈아."

"그래… 울지 마."

··· 초등학교 졸업하던 날

아이들이 그럴수록 난 더 심하게, 더 격렬하게 흔들렸다. 나는 온갖 된소리들을, 그때까지 알고 있었던 모든 욕이란 욕을 전부 입 밖으로 쏟아 뱉었다.

"선생새끼······. 죽여 버린다. 죽여 버리고 말 거야!"

나는 마치 금방이라도 미쳐서 홱 돌아버릴 아이처럼, 날이 어두 워지고 친구들이 하나둘씩 집으로 돌아갈 때까지 이를 빠드득 갈 며 눈물로 발 밑의 흙을 홍건히 적셨다.

'남들 앞에서 노래 못하는 것이 그렇게까지 욕을 얻어먹을 만 한 죄였나!'

그 때 내 뇌 속의 전쟁신경들은 모두 올올히 일어나 나에게 모 든 나약함을 버릴 것을 강력하게 요구했다. 눈물을 훔치며 나는 그때 그 운동장 구석에서 나만의 작은 전쟁을 선포했다.

초등학교의 마지막 1년 동안 나는 친구들의 활발함 속에서 그렇지 않아도 왜소한 내 몸을 간신히 가누며 더 오그라들었다. 내가 노래할 차례가 되는 날이면 나는 담임선생님의 눈에서 존재하지 않는 놈이 되어 버려, 내 대신에 2번이 나와서 노래를 부르곤 했다. 1번이 존재하지 않는 6학년 6반의 아이들은 노래를 불렀다. 그리고 선생님은 미소를 지으면서 웃으셨다.

제 2 장

태풍의 눈

찰흙 소년

내가 중학교 1학년으로 올라갈 때가 1992년 봄, 벌써 10년이 지났다. 강산도 변해 버렸을 세월을 거슬러 올라가는 나의 중학교 시절의 이야기는, 어쩌면 요즈음 현실과는 사뭇 동떨어진 것일지도 모른다.

내 인생의 3년을 바쳐 섬겼던 중학교는 K초등학교와 같은 동에 위치해 있었던 K중학교였다. 초등학교 전과의 부록에서 항상 밝게 웃고 있었던 교복 입은 형과 누나들의 얼굴들. 그들이 보여주었던 새로운 생활과 학창시절의 미래와 약속들. 중학교 생활은 무척이나 기다려지는 설렘이었다.

교복을 입기 시작하던 K중학교에서의 첫날, 나는 잔뜩 부푼 얼굴로 기대감이 이끄는 손을 잡고 교실을 한바퀴 둘러보기 시작했다.

"어이, 너 그 미국놈 아니냐?"

아찔한 오싹함이 나를 덮쳤다. 초등학교 시절 온 동네에 이름을 떨치고 다니던 '김준호' 라는 아이. 바로 내 뒤에 그가 있었다. 녀석은 용케도 2년 동안 '미국서 온 새끼' 를 기억 속에서 놓지 않고 있었던 것이었다.

… 중학교 수업 첫날. 이 때까지만 해도 중학교 생활은 무척이나 기대되는 설렘이었다.

"어이, 미구웅노옴!"

"야, 이 손 놔. 왜 그래?"

나는 마치 치한에게 손을 잡힌 여인이 그 억센 손아귀에서 벗어나고 싶어하는 듯한 동작으로 손목을 비틀었다. 어떻게든 그 상황으로부터 도망치고 싶었다. 나에게는 도무지 그 '깡' 이라는 게 없었다.

"워허우, 미국놈!"

그 애는 큰 소리로 나를 부르며 아이들의 이목을 집중시켰다. 그 순간부터 다른 학생들은 김준호와 나를 주시하기 시작했다. 그는 아랑곳하지 않고 내 뺨을 두 손으로 꼬집으면서 이리저리 흔들기 시작했는데, 그 순간에 담임 선생님이 들어오셨기 때문에 나는 겨우 그 아이의 손에서 풀려나올 수가 있었다.

준호는 수업시간에 내 등을 볼펜으로 콕콕 찌르는가 하면 선생님이 칠판에다 글씨를 쓸 때면 뒤에서 내 뺨을 툭툭 때리고 귀를 잡아당기는 등, 온갖 곤욕 속으로 나를 밀어 넣었다. 그리고 그의 그런 두 손은 도저히 멈출 기세를 보이지 않았다. 나는 말 그대로 그 아이의 새 장난감이었다.

"하이고, 준호라는 애가 너를 그렇게 괴롭히니……. 당장 선생님께 자리라도 바꿔달라고 해야겠다."

자리를 교실 맨 뒤 후문 쪽으로 옮긴 뒤로는 일단 수업시간에만큼은 제대로 공부를 해볼 수가 있었다. 뒤에서 '콕콕 찌르는 볼펜' 이라든지 '찰싹찰싹 뺨을 때리는 손' 같은 게 없는 마당에 들어와서야 나는 비로소 수업시간의 평화를 누리게 되었다. 한 시간 동안만…….

준호는 그 정도에 호락호락하게 물러설 아이가 절대 아니었다. 자기 때문에 자리를 옮겼다는 사실을 눈치 채고는 더욱더 교묘한 방법들을 동원해 나를 괴롭히기 시작했다. 쉬는 시간만 되면 뒷문 쪽으로 나가면서 내 머리를 탁 치고 지나가는 것은 예사였고, 다시 들어올 때도 역시 그는 그 균형을 맞추었다. 의자를 뒤로 확 빼기도 했고, 두 손으로 내 눈을 뒤에서 가리며 얼굴을 찰흙처럼 주무르며 휘파람을 불어댔다. 오히려 바로 앞에 앉아 있을 때보다 그 괴롭힘의 강도는 더욱 심했다.

다른 아이들 또한 그의 노리개가 되었는데, 나는 단지 미국에서 온 놈이라는 사실 때문에 더욱 극진한 '특별 대우'를 받고 있는 것이었다. 준호는 점심시간에 아이들의 반찬을 빼앗아 먹고 돈을 빌려가 놓고는 돌려주지 않는 등, 일반적으로 학급을 거머쥔다는 '짱'들이 흔히 하고 다니는 그런 레퍼토리를 성실하게 실천해 나갔다.

우리 반의 학생들과 선생님들은 준호 때문에 갖은 몸살에 시달리기 시작했다. 선생님들의 꾸중이나 벌은 물론, 몽둥이조차도 그에게는 아무런 타격이 없었다. 오히려 준호는 선생님들의 화난 그런 얼굴을 즐겼고, 자기가 관심의 대상이 된다는 사실을 기뻐하는 듯했다.

불꽃 남자

"어제 내가 황비홍을 봤는디, 미국놈들을 모두 양키라고 하드라?"

3년 동안 나를 붙어 다닐 별명이 탄생되는 순간이었다.

수학시간에 준호는 선생님이 칠판에 공식을 써나가기 시작하자, 자기 자리를 떠나서 나한테 슬금슬금 다가오기 시작했다. 그도 교실 뒤쪽으로 추방된 터라 건너편에 앉은 나를 재빨리 치고 달아나는 '힛-앤-런 hit-and-run은' 충분히 가능한 것이었다. 칠판을 향하고 계시던 수학선생님은 갑자기 뒤를 돌아보시더니, 공식을 설명하려던 입을 순간 교정하면서 준호를 잡아챘다.

"준호! 너 거기서 뭐해!"

"어오, 양키가 오랬어요……. 거봐, 왜 오라고 그래."

그는 나에게 유죄를 떠맡기며 제자리로 어슬렁거리며 돌아갔다. 하지만 그의 말을 믿을 사람은 아무도 없었다. 사실 준호는 여자인 수학선생님을 제일 만만하게 여겼다. 수업 끝을 알리는 종이 울린 것은 그 때였다.

"차렷! 경례!"

아이들이 하나둘씩 일어났고, 책상들이 덜컹거리기 시작했다.

"……잘 꺼져 이 년아."

수학선생님이 교실문을 드르륵 열고 나갈 때 준호의 입 밖에서 새어나온 말 한마디. 그 한마디는 쉬는 시간이 시작될 때 으레 들리는 모든 소란의 소리들을 뚫고, 왠지 너무나 선명하게 울려 퍼졌다. 물론 그것은 준호가 수학선생님을 보고 일부러 들으라고 한 소리는 아니었다.

"……"

고요한 그 1초 동안 모두가 그 자리에서 딱 멈춰섰다. 그리고 아이들의 시선은 수학선생님과 준호의 얼굴을 빠르게 번갈아 갔다. 수학선생님은 반쯤 교실문을 연 상태에서 한동안 서 있다가 황당하면서도 화난 감정을 실은 표정으로 몸을 돌렸다.

"너……. 준호, 방금 뭐라고 했어."

"예? 아뇨, 그냥 안녕히 가시라구요……."

"뭐? 똑바로 얘기하지 못해!"

선생님은 금방이라도 무너져 내릴 것만 같은 인상이었다.

"……"

"준호, 너 두고봐, 이 개 같은 자식……."

선생님은 분노에 휩싸여 출석부를 교탁 위에 '타악' 하고 내리친 뒤 울먹이는 기색으로 교실문을 격렬하게 열어젖히며 걸어나가셨다. 수학선생님의 그런 모습을 처음으로 보게 된 우리들은 모두 놀랄 수밖에 없었다. 그리고 나는 앞으로 다가올 험난한 나날들에 대한 걱정으로 몸을 움츠리며 제자리에 앉는 준호를 불안한 눈으로 흘겨봤다.

본격적으로 시작된 준호와 선생님들 간의 전쟁 속에서 반 아이들은 고래 싸움에 터질지도 모르는 자신들의 등껍질을 부여 안았다. 선생님들은 저마다의 해결책을 강구해 내서 준호를 바르게 교육시키고 길들이려고 노력했지만, 그럴수록 준호의 말썽은 더욱더 심해지기만 했다.

나에게 걸어오는 그의 심술도 어느새 한 단계 업그레이드되어 있었다. 나는 그의 온갖 레슬링 기술들의 스파링 상대가 되어야만 했고, 그는 나를 껴안아 숨을 막히게 하는가 하면 얼굴에 기습적인 고약한 트림을 해대며 혹은 주먹으로 머리통을 툭툭 쳐대면서 내가 자기의 양키라는 사실을 절대로 잊지 못하게 만들었다.

클럽활동 시간에 선생님들이 자습을 하라며 교무실로 가신 뒤 아이들이 슬슬 떠들기 시작할 때면, 나는 슬그머니 교실 밖으로 나가 화장실 속 나만의 작은 공간을 찾아 나서곤 했다. 준호의 손길이 닿지 않는 나의 작은 상자 속에서 홀로 웅크리고 앉아 그 하루가 어서 끝나기를 바라며, 다음 수업시간이 오지 않았으면 하고 바라며 나는 그를 피했다.

'그래, 이 자식아! 내가 미국에서 살다 온 게 그렇게도 싫으냐!'

집에 돌아와서 내 방에 앉아 있을 때에도 준호가 나를 괴롭히는 장면들은 끊임없이 나의 머릿속에서 이어졌다. 담임선생님께 이야기도 드려봤지만 별 다른 뾰족한 수가 없었다.

"준호 그 녀석, 거 참! 어떻게 해야 될지 모르겠구나……. 때려도 안 되고, 자리를 옮겨놔도 도대체가……."

새우의 깡

준호가 뒤에서 목을 졸랐다. 하지만 그 날, 나는 울컥거리며 용솟음치는 피를 자제하지 못하고 준호의 양손을 뿌리치고는 일어나서 그를 정면으로 쳐다보았다. 나의 눈은 이미 제 정신의 그것이 아니었다. 나는 준호를 있는 힘껏 붙잡아 무릎으로 그의 배와 허리를 박고, 주먹을 그의 온몸에 닥치는 대로 퍼부었다. 싸움을 해본 경험이 없었던 나였기에 다듬어지지 않은 그 격한 주먹은 더욱 거칠었다. 나는 그를 내동댕이치고는 그의 얼굴 위로 실내화를 신은 발을 들었다. 그리고 씩씩거리면서 그의 얼굴을 내리쳤다.

"콰당……!"

준호는 교실바닥에 쓰러져 있었고 나는 헉헉거리면서 서 있었다. 아이들이 쳐다보고 있다는 것도, 곧 있으면 선생님이 들어오신다는 사실도 그 때는 까맣게 잊고 있었다. 늘 당하기만 하던 내가 마침내 열을 받을 대로 받아 그렇게 터지고 만 것이었다. 하지만 그 흥분된 몇 초간의 순간이 지나고 난 뒤, 나에게는 어둡게 하늘을 드리우는 것 같은 짙은 두려움과 공포가 엄습해 왔다. 준호는 선생님이 들어오실 무렵 무릎을 툭툭 털면서 바닥에서 일어났다.

"양키 새끼……. 넌 죽었어."

땀과 공포가 등을 타고 흘러내린 그 마지막 수업이 끝나자마자 나는 재빨리 복도로 튀어나가 신발을 낚아채고는 죽어라하고 집으로 뛰어갔다. 그 날 밤 나는 좀처럼 잠을 이룰 수가 없었다. 스스로, 이 두 손으로 나는 살아 있는 악몽을 만들어 내고 만 것이었다.

"으이구, 이 양키 새끼야, 앙! 까불지 마라 앞으로, 알았나?"

다음날 준호는 날 때리지 않았다. 하지만 그의 '괴롭히는 기술'의 레벨은 또 한 단계가 향상되어 있었다. 몸통 조르기, 침 뱉기, 목조르기……. 하지만 나는 그대로 그 모든 것을 얌전히 받아내는 수밖에 없었다. 나를 죽이지 않는 것만으로도 나는 그에게 감사해야 했다.

따뜻하고 행복했던 시절의 기억들이 나를 고통스럽게 꼬집어댔다. 친구들과 놀이터에서 야구를 하고 그네를 타며 놀던 시절의 즐거움들. 베녹번 스쿨의 친구들을 집으로 초대해 연 생일파티 때 하얀 케이크 위에서 아롱거리던 촛불들. 미국의 내 친구들은 지금쯤 드라이브를 하고 친구들과 함께 파티를 열며 피자를 먹고 있을 텐데……. 내가 이렇게 먼지 나는 황색 나라의 교실 속에서 한 아이의 장난감으로 전락해 멍들어 가고 있을 때, 미국의 내 친구들은 포근한 카펫 위에서 즐겁게 간식을 먹으며 웃고 있을 텐데…….

나는 넋이 나간 사람처럼 책상 위로 얼굴을 비스듬히 대면서 웃기 시작했다. 준호가 나의 뺨을 찰싹찰싹 때릴 때에도 나는 그저 미친 사람처럼 창 밖을 바라보며 마냥 웃고만 있었다. 따뜻하고 그리운 그 어떤 곳을 찾아 나서면서 나는 살며시 두 눈을 감았다.

상자 속의 꼬마

미치지 않고 살아남으려면 내가 준호로부터, 학교로부터 도망을 치는 수밖에 없었다. 결국 나는 2주일 동안 학교를 결석했다.

"야! 똥이 무서워서 피하냐, 더러워서 피하지!"

어머니는 아침에 힘없이 식탁에 엎드리는 나의 어깨를 토닥거리시며 달래주었다.

"다른 애들은 학교에 나가서 열심히 공부하고 앞으로 나아가고 있는데, 난……. 난 이게 뭐냐구!"

소리를 지르면서 나는 숟가락을 내동댕이쳤다. 그리곤 지끈거리는 머리를 움켜쥐었다. 준호의 손아귀로부터 벗어나 있다는 것은 분명 기쁜 일이었지만, 홀로 이렇게 집에 남아 시들어 가는 나 자신을 보며 나는 또 다른 깊은 자괴감 속으로 빠져 들어가고 있었다.

"야, 네가 일단 살고 봐야 될 거 아니냐? 그깟 공부쯤 지금 당장 중요한 게 아니잖아. 너, 준호한테 그렇게 시달리는데……. 니 정신건강이 더 문제야 지금은! 집에서 좀 쉬었다가 다시 학교에 나가도 뭐라고 할 사람 없어……."

형은 아무 탈 없이 학교를 잘 다니며 개근상도 탔는데, 나는 이렇게 중학교 1학년 때부터 벌써 삐걱거리고 있었다. 한국에 와서 무사히 적응을 했는가 싶었는데……. 공부를 남들보다 월등히 잘 하지는 못해도, 그래도 다른 한국 아이들이 하는 만큼은 하면서 '정상적인' 그들처럼 생활하고 싶은 욕구가 있었는데…….

좌절감은 끊임없이 나를 쪼아먹었고, 매일 아침 창 밖으로 등교 하는 아이들을 바라보면서 나는 다른 아이들보다 뒤쳐진다는 불 안감에 휩싸여 갔다.

준호로부터 시달리기 시작한 중학교의 첫 해부터 나는 기관지 염을 앓기 시작했다. 숨쉴 때마다 폐에서는 나무 긁는 소리가 흘 러 나왔고 진득한 가래가 들끓었다. 병원에서는 스트레스로 인한 천식이라고 했다. 결석하는 기간 동안 나는 동네 내과에 매일같이 나가서 주사를 맞고 약을 받아먹기 시작했는데, 그런 나의 병원생 활은 그 후 2년 동안 계속 이어졌다.

허약한 몸 때문에 중학교의 나머지 2년 동안 나는 체육 수업을 거의 받지 못했다. 간단한 체조만으로 몸을 풀고는 다른 아이들이 축구나 농구를 하며 뛰어 놀 때, 나는 그들의 모습을 멀리서 바라 보았다.

700원짜리 기적

복학할 날이 점점 다가옴에 따라 준호에 대한, 그리고 학교생활 에 대한 걱정들이 다시 선명해지기 시작했다. 준호는 종전보다 더 나를 괴롭힐까? 아이들은 얼마만큼 진도를 나가 있을까? 반 친구 들은 나를 어떤 눈으로 바라볼까…….

다시 등교하기 시작한 첫 날, 나는 구석에 몰린 쥐가 꺼내드는 마지막 비장의 카드를 뽑아드는 심정으로 준호에게 줄 뇌물로 슈퍼에서 빵과 우유를 샀다. 밑져야 본전이었고, 내게는 더 이상 잃을 것이 아무것도 남아 있지 않았다.

'준호가 이런 것 따위에 넘어가지는 않을 텐데……'

입술을 꽉 깨물면서 나는 그의 책상 위에 사들고 온 빵과 우유를 놓았다.

"자, 이거 먹어."

"어오, 이 씨바 양키새끼가 미쳤나?"

그 순간 나랑 친한 몇몇 친구들이 "명훈아, 너 학교 다시 나왔구나!" 하면서 내 얼굴을 기쁜 표정으로 감싸안았다. 그들은 "걱정마, 우리가 앞으로 널 지켜줄게."라고 속삭이며 나를 준호로부터 떼어 놓고는, 내가 예전에 앉던 빈자리로 데려갔다.

"에이, 내가 무슨 거지 새끼냐? 나도 아침 먹고 왔다 이 양키놈아!"

어색하고 당황스러웠는지 그는 나에게 받은 빵과 우유를 이리저리 툭툭 치는 것으로 기분 나쁘다는 표현을 대신했다. 하지만 얼마 뒤에 내가 화장실에서 돌아왔을 때 준호는 허겁지겁 내가 준 빵과 우유를 먹고 있었다.

준호는 다시 돌아온 반가운 양키새끼를 가치고 놀기 시작했다. 그는 여전히 내 뺨을 꼬집어 흔들고 뽀뽀하고 얼굴에다 트림을 해댔고, 부지런히 밀린 숙제들을 해나갔다. 이제는 화조차 나질 않았다. 아니, 화낼 기력도 의지도 더 이상 내게는 남아 있지 않았다.

그 대신에 나는 그의 장단에 맞추어 함께 맞장구를 쳐나갔다.

그와 더불어서 같이 장난을 치기 시작했다. 아침의 빵과 우유를 면죄부로 삼아 나는 준호가 나에게 하는 짓거리들을 그에게도 조금씩 되돌려 주었다. 준호가 목을 조르는 그 숨막힘의 순간 속에서 얼굴을 찡그리면서도, 나는 그런 그의 행동을 어떻게든 이해해 보려고 노력했다. 그리고 그런 바보 같은 나의 미친 짓은 작은 기적을 일구어냈다.

톰과 제리

준호는 원래 아버지 어머니와 함께 살고 있는 외아들이었다. 그러나 부모님이 이혼하신 후 아버지가 새엄마와 결혼하셨기 때문에, 준호는 진짜 엄마를 잃고 새엄마가 낳은 여동생과 함께 살고 있었다. 준호네 가족은 K동 다리 밑 조그만 한 칸짜리 방에서 네 식구가 모여 살고 있었다.

솔직히 나는 준호의 아버지가 괴팍하고 이상한 아저씨일거라고 생각했다. 그러나 준호의 아버지는 일에 지친 여느 가정의 아버지와 똑같은 모습이었다.

"너 반에서 몇 등 하냐?"

"예? …… 저어, 10등이요……."

"허허, 우리 준호가 공부 잘하는 친구를 사귀었네? 우리 준호한티 공부 좀 가르쳐 줘라."

그렇지만 준호와 나 사이에는 공부라는 공통분모가 있을 수 없었다. 장난에 열중하는 준호에게는 공부 같은 것이 끼여들 자리가 어디에도 없었다. 나는 학교가 끝나면 오락실에 가서 준호와 함께 놀았고, 그가 운전하는 오토바이를 타고 함께 K동 이곳저곳을 돌아다녔다.

준호의 입장에서 보면 미국에서 살다 온 나는 당연히 미운 존재일 수밖에 없었다. 집에서는 새엄마의 잔소리에 아버지한테는 공부 못한다고 혼나고……. 준호가 학교에 와서 애들을 괴롭히고 때리고 싶어하는 것은 어쩌면 당연한 일이었는지도 모른다. 나는 그가 흘리는 피를 받아줄 솜이 되어야 했던 것이었다. 그리고 그것은 무엇보다도 영광스러운 일이었다.

그 해 겨울방학 때, 준호는 약 한 달 동안을 우리집에서 살았다. 함께 먹고 자고, 비디오를 빌려 보고 만화책을 보며……. 그 해 겨울을 우리는 그렇게 보냈다.

2학년으로 올라갈 무렵 준호는 더 이상 학교에 다닐 수 없게 되어 자퇴를 했다. 준호는 그 후 자기 집 옆의 이동주택 생산공장에서 일을 하면서 돈을 벌기 시작했다.

하루는 준호가 학교 끝나고 나오라고 해서 나는 그 곳으로 가보았다. 준호는 못박는 기계로 열심히 나무판자에 못을 박고 있었다. 마치 몇 년간 일을 했던 숙련공처럼 그는 일직선으로 못을 일정한 간격으로 나란히 박았다. 준호는 자랑스럽게 그 판자를 나한테 보이며 씨익 웃었다. 준호의 그런 미소를 나는 그때까지 단 한번도 본 적이 없었다.

나는 준호와 함께 그의 집으로 갔다. 준호는 자기가 번 돈을 봐달라며 바닥을 덮고 있던 이불을 걷어 치웠다. 바닥에는 여러 장의 만원짜리 지폐들이 따뜻하게 고스란히 놓여 있었다. 그것은 준호의 우등상장들이었다.

준호는 어디론가 헐레벌떡 나가면서 잠깐 기다리라고 했다. 그리곤 얼마 후에 손에 삼겹살 한 근을 사들고 달려왔다. 준호는 자기가 번 돈으로 맛있는 걸 해주고 싶다고 그랬다. 나는 준호와 함께 근처 강 옆의 다리 밑으로 갔다.

그는 곧 돌판에다가 기름을 바르고 고기를 굽기 시작했다. 즉석에서 준호는 그렇게 근사한 프라이팬을 만들어냈다. 준호는 집에서 고추장과 소금을 가져왔고, 우리들은 저녁 늦게까지 배터지게 고기를 먹었다. 준호는 구운 고기들을 계속해서 내 앞으로 갖다 놓았다.

머리 위에서 달리는 자동차들의 바퀴 소리를 들으면서 나는 옆을 흐르는 강물을 바라보았다. 지나간 상처와 싸움들, 준호에 대한 증오와 분노들……. 나는 그 모든 것들을 떠내려 보냈다.

얼마 지나지 않아 준호는 서울로 이사를 갔다.

Yankee Doodle

중학교 2학년이 되었을 때처럼 마음의 허전함이 그토록 크게 느껴졌던 적은 없었다. 초등학교 때 나와 비슷한 시기에 전북 이리에서 전학와 지금까지 4년 동안 친하게 지내오던 친구 학래가 호주로 유학을 떠났다. 그리고 5학년 때 함께 과학경진대회에 나가면서부터 알게 된 주경이도 다른 중학교로 전학을 갔다. 준호도 더 이상 내 곁에 없었다.

새로운 각오로 공부를 시작하려고 했지만, 지난 1년 동안 무엇을 했었는지에 대한 차분한 정돈을 해볼 수가 없었다. 내 기억 속에는 수업시간에 앉아 노트에 칠판을 재현해 내고 선생님들의 말씀에 귀를 기울이던 장면들보다, 수많은 싸움과 티격거림의 흩어진 조각들이 더 많이 널려져 있었다.

이제는 나를 괴롭힐 사람도 없었고, 단지 공부라는 주어진 작업에만 충실히 매달리기만 하면 되는 거였다. 하지만 내 운명의 실타래는 좀처럼 내가 바라는 방향으로 나를 곱게 풀어주지 않았다.

학생들 사이에서 준호에 버금가는 존재로 은연중에 소문이 나 있던 차동권이라는 아이. 동권이도 준호와 마찬가지로 내가 초등학교 4학년 때 우연히 만난 뒤로 두 번 다시 얼굴을 부딪힌 적이 없었던 상대였다. 그는 눈에 띄게 장난을 친다든지, 아이들을 아무 이유 없이 때리지는 않았다. 그러나 어느 사이엔가 나는 그에게 찍혀 있었고, 그 해 같은 반으로 배정되면서부터 나는 그의 링 속에 서 있게 되었다.

그는 준호처럼 나를 노골적으로 갖고 놀지는 않았다. 다만 그는 기회만 생기면 나를 조롱하는 것을 주무기로 삼았다. 수업시간에 이따금 선생님이 재미있는 얘기를 하시거나, 어떤 학생이 뛰어나와서 '웃기는' 양념을 교실에 뿌릴 때, 그는 다른 아이들과 다름없이 큰 소리로 웃음을 내질렀다. 그러나 그의 웃음은 오직 나만을 위한 특별한 것이었다.

"야키야키야키…!"

1학년 때 준호가 나를 양키라고 부르며 교내에 퍼뜨리기 시작했던 그 별명을 그 아이는 적극적으로 응용하고 있었다. 수업중에, 혹은 쉬는 시간에 내가 책을 읽고 앉아 있을 때에도, 그의 '야키야키야키'는 즐겁게 나를 맴돌았다. 그는 항상 그렇게 웃었다.

미국에서 4년 동안 살다 온 죄의 대가가 이리도 큰 것이었을까. 도대체 내가 걸어가야 하는 속죄의 길은 얼마나 더 멀리 있는 것일까.

"우리 반에 동권이라는 애가 있는데, 걔는 틈만 나면 나를 비웃어……! 쌍, 내가 왜 양키야! 왜 그 쌍노무 미국엘 날 데려가 갖구 이렇게 지랄 같은 학교 생활을 하게 만들었어!"

"한국 애들은, 네가 영어도 잘하고 그러니까……. 괜히 질투 나서 그러는 거야……. 그냥 모른 척 해, 모른 척. 니가 자꾸 그러니까 걔도 더 신나서 그러는 거 아니겠어? '개야 짖어라 그래도 기차는 간다' 하고 무시해 버려."

적어도 며칠 간은 '혼자 떠들게 내버려 두라'는 어머니의 그 묘책이 잘 들어맞는 듯했다. 하지만 떨어지는 물 한 방울이 계속해서 귓전을 때리는데, 어떻게 그것을 그냥 무시해 버릴 수 있나. 오히려 갈수록 동권이의 웃음소리는 더욱 더 커지기만 했다.

동권이는 수업시간에 까불기를 잘해서 선생님들한테 자주 혼이 났다. 그래서 그는 담임선생님의 명령으로 교탁 바로 앞자리에 지정석을 얻게 되었다. 그 자리는 선생님들의 회초리가 쉽게 동권이에게 닿을 수 있도록 하기 위한 그의 전용석이었다. 담임선생님은 바로 내 앞자리에 호랑이를 앉혀 놓았다는 사실을 알고 계실

리가 없었다. 하필이면 그 주에 나는 두 번째 줄, 바로 동권이의 뒷자리였다.

"비켜, 양키놈아. 너 땜에 못 나가잖아!"

"……."

나는 가만히 못 들은 체 하면서 과학 교과서에서 눈을 떼지 않았다.

"어라, 이 새끼 봐라? 아주 무시를 해 버리는데?"

"그렇게도 내가 싫으면, 너도 미국이나 갔다 와 임마. 치사하게 굴지 말고……."

그는 나의 뺨을 후려갈겼다. 처음으로 그 아이와 물리적인 접촉을 하는 순간이었다.

"아후, 이건 때린 것도 아녀……. 내가 진짜로 마음먹으면 너 정도는 한방에 죽여 버릴 수 있으니까……. 가만이나 있어. 재수 없어 씨발……."

그는 격렬하게 의자를 뒤로 빼며 '으이구!' 하면서 주먹을 허공에서 휘둘러 보이고는 교실 밖으로 나갔다. 나는 과학 교과서를 다시 펼쳐들고 계속해서 아무 일도 없었다는 듯이 책장을 얌전히 넘겼다. 정말 아무 일도 없었다. 나는 아무렇지도 않았다고…….

점심시간이라 반 아이들은 대부분 운동장에 나가서 뛰어 놀고 없었다. 교실 안에는 나와 뒤쪽 창가에서 밖을 내다보는 아이들 두세 명뿐이었다. 나는 머리를 두 팔에 파묻은 채 파란 교복 소매를 검게 물들여 갔다. 나는 울었다. 축구공 소리와 아이들이 즐겁게 먼지를 피우며 뛰노는 소리를 들으면서 나는 하염없이 울었다.

그 날 집에 돌아오자마자 나는 방문을 걸어 잠그고는 미친 듯이 벽을 향해서 주먹을 날렸다.

"개 같은 놈……. 내가 미국에서 살다 온 게! 그렇게도 싫으냐 이 개새끼야! 그래 좋아! 덤벼 이 개새끼……!"

벽에는 피가 불그스레 묻어났다.

저항군의 반격

동권이는 언제나 일찍 학교에 나왔다. 그래서 나는 매일 아침 교실에 들어서는 순간 늘 나를 놀리는 그의 인사말을 들어야만 했다. 나는 화난 얼굴로 그에게 응수했고, 동권이는 씨익 웃으면서 그런 나의 분노에 구겨져 괴로워하는 모습을 즐겼다. 나의 불행은 그의 행복이었다.

그 날도 역시나 동권이는 아침 일찍 와서 창가에 앉아 아침 바람을 쐬고 있었다. 여지없이 그는 나를 보더니 활짝 웃었다.

"오우 양크……"

"워오우! 양퀴이이이이우우!"

나는 그의 주파수를 먹어 버릴 기세로 악을 질렀다.

"아니, 저 양키쉑끼가 미쳤나…?"

"어허, 미쳐서 어떡하지? 큰일 났는디?"

미쳤다는 사실을 스스로 시인하면서 나는 내 자리에 털썩 앉았다. 그가 오늘 나를 패서 죽이든, 그 애한테 맞아서 오늘 내가 불구가 되든, 아무래도 좋았다.

죽을 각오를 하면 눈에 뵈는 것이 없다고들 한다. 준호한테 훈련을 받아 이미 단련된 몸인지라, 각오는 단단히 되어 있었다. 나는 더 이상 나를 괴롭히는 현실로부터 도망 다니기 싫었다. 이제는 새로운 단계의 자신감과 힘을 끄집어내야 할 때였다.

그가 '야키야키' 웃음을 터뜨릴 때마다 나는 덩달아서 그와 같이 화음을 맞추었다. 마치 보이지 않는 제3자를 향해서 외치기라도 하는 것처럼 나는 그를 따라서 '야키야키야키' 웃음을 내질렀다. 아이들도, 동권이도 '저런 미친놈!' 하는 눈으로 나를 쳐다봤다. 양키소리를 듣기 싫어하는 내가 나 자신을 놀리니, 나는 분명 미쳐 있는 놈이었다. 쥐도 궁지에 몰리면 고양이를 문다고 하지 않던가. 나는 궁지에 몰려서 호랑이를 물었다.

그 날 이후로 나도, 그도 조금씩 변해갔다. 아니, 점점 더 서로 비슷해지기 시작했다. 나는 말투도 그 애를 닮아가기 시작했고, 점점 더 '껄렁껄렁한' 그의 세계 속으로 빠져 들어가기 시작했다. 왠지 대담해지는 것 같은 그런 기분은 그러나 결코 나쁜 느낌이 아니었다.

세종대왕

"오락실 다녀올게요!"

"8시까지는 꼭 돌아와라!"

나는 집에서 얼마 안 떨어진 곳의 어느 건물 지하실에 있는 오락실로 향했다. 예전에 준호와 함께 가끔씩 다니던 바로 그 오락실이었다. 손목시계를 보니 7시. 한두 사람만이 오락을 하는 것 같은 소리가 들렸고, 계단을 내려가서 보니 과연 한 학생이 반짝거리는 화면 앞에서 이리저리 뒤척이고 있었다. 그런데 어디선가 많이 본 듯한 뒷모습이었다.

'우어어어……. 유! 윈!'

누군가가 스트리트 파이터 II를 하고 있었다. 자세히 보니 그는 동권이었다.

"에, 양키…! 여기서 뭐하는 거여? 너도 오락실 다니냐?"

범생이 행세를 하고 다니는 양키를 이런 곳에서 보다니 하는 듯한 그의 표정이었다.

"야……. 이어서 해도 되겠냐?"

"니 맘대로 해."

한동안 망설이며 서 있다가 나는 그의 옆에 앉아 100원짜리 동전을 넣었다. 동권이에 비하면 나는 완전한 초보였다. 나는 장풍이나 승룡권 같은 것도 제대로 할 줄 몰랐다.

'우어어어……. 유! 윈! 퍼펙트.'

한 대도 못 때리고 나는 둘째 판도 내리 졌다.

"야, 승룡권 하는 법 좀 알려 주라."

"얌마, 그것도 못하냐? 역시 양키다운데?"

"헤헤. 그래……. 양키는 그런 거 못해."

동권이는 나한테 조작법을 알려줬다. 그리고 나는 옆에서 계속 그를 지켜보면서 "아아씨, 어케 그렇게 잘하냐 넌. 진짜 안 된다 나는." 하는 탄성을 내지르며 그에게는 아첨처럼 들릴지도 모르는 말들을 건넸다. 동권이는 집에 가야 한다면서 조금 후에 자리에서 일어났다. 그러면서 그는 나를 보고 대신 게임을 하라고 그랬다.

"내일 학교에서 보자, 명훈아."

언제나 그에게는 양키로 통하던 나였기에, 오히려 명훈이라는 내 이름이 동권이의 입에서 흘러나오는 것을 듣는 것은 굉장히 이상했다.

"그래 동권아…… . 잘 가!"

그 조그마한 어두운 오락실에서, 그렇게 100원짜리 하나로 우리 둘은 친구가 되었다.

장난감 병정들

내가 짐짓 삐딱한 눈으로 선생님들을 바라보며 중학교 생활에 고개를 갸우뚱거리기 시작한 것은 동권이와 평화를 이루었던 2학년 2학기, 안정된 중학교 생활을 바라보면서 연필을 들기 시작할 무렵부터였다.

"17번! 일어나서 58페이지 읽어봐!"

"양쯔 강 기단은 주로 이동성 고기압으로 우리나라에 많은 영향을 미친다 하옵니다……."

"됐다. 앉아. 자, 필기해!"

"예이, 전하! 그렇게 하도록 하겠사옵니다……."

"그마안. 다 썼으면 여기 보고 설명들어! 야, 거기 자는 놈 누구냐!"

우리들은 단상의 왕들로부터 흘러나오는 어명을 받들며 책을 읽었고, 공책들 속에 부지런히 글씨들을 찍어나갔다. 그 때만 해도 교권은 교실 속의 대기를 채우고 있었고, 선생님들에 대한 존경심이 난립하는 학생들에 의해 걷잡을 수 없이 짓밟히는 시기가 도래하기 전이었다. 1993년 그 당시까지만 해도 선생님들의 왕권은, 한국 공교육의 성곽은 견고했다. 그리고 우리 학생들은 그 절대적인 권위의 노여움을 사지 않기 위해서 공부라는 백성의 직무에 충실히 매달렸다.

독서실에서 책을 펴들고 공부하는 나의 입에서는 한숨과 하품이 끊임없이 이어져 나왔다. 모든 과목들 중에서도 내겐 국사가 가장 버거웠다. 무슨 유적지가 어디 어디에 있고, 어떤 왕이 몇 세기에 무슨 행동을 했고, 무슨 제도가 언제부터 시행되었으며…….

미국이라는 나라는 겨우 200년이라는 짧은 역사를 지니고 있었다. 하지만 한국은 그 '유구한 5000년 역사' 가 아니었던가. 15년 된 가슴과 머릿속으로 나는 그 역사의 흔적들을 쑤셔 넣었다.

독서실에서 그렇게 끙끙대는 나의 지식과의 싸움은 보통 새벽 2시까지 계속됐다.

"어! 명훈이 너도 독서실 다니냐?"

"응……. 집에서보다 공부가 잘 되지 않을까 싶어서……그냥."

착실하고 성격 좋은 우리 반 반장이었다. 그 작은 독서실에는 우리 둘밖에 없었다.

"너는 어떻게 해서 공부를 그렇게 잘하냐? 나는 뭘 외워도 자꾸 까먹고 그러는데……."

"그냥, 뭐 외울 거 있으면 한번 읽어보구…… . 다른 데 쳐다보면서 그 즉시에서 몇 번씩 생각해 보고…… . 그냥 그렇게 하는 거지 뭐."

나는 언제나 1,2등을 하는 그의 공부력과 능력에 놀라곤 했다. 그는 너무나 쉽게 땀 흘리지 않고 그 일을 해내는 듯해 보였기 때문이다. 그런 엘리트 부류들과 나는 서로 너무나도 동떨어진 존재였을까.

"너는 공부가 재밌어?"

밖에서 함께 음료수를 사 먹으면서 나는 그에게 물었다.

"일단…… . 해놓으면 좋고, 나중에 고등학교 때 도움이 되니까…… . 어차피 공부라는 건 우리들이 해야 하는 거잖아…… . 하기 싫을 때도 있지만, 어쩔 수 없잖아."

며칠 뒤의 2학기말 시험에서 우수한 성적을 올려 나는 중학교에 올라와서 처음으로 타보는 우등상을 받았다. 고생을 한 모든 수고는, 공부에 쏟아 부은 시간과 땀에 대한 대가는, 그렇게 한 장의 작은 종이가 되어 다시 나에게 되돌아왔다.

피리부는 사나이

2학년의 겨울방학이 지나가고 3학년이 되었을 때, 또다시 반장 선거의 열기는 교내 전체를 뒤덮었다.

"자, 선생님이 부른 사람들 중에서 추천하고 싶은 사람이 있으면 손을 들고 말해봐라."

"송태준이요!"

"김민교요!"

"윤상식이요!"

반장 후보가 네다섯 명 정도 나왔다.

"야, 내가 니 이름 말할까?"

"너, 죽고 싶어서 그러지? 알았어."

내 옆의 짝 현택이는 바로 초등학교 5학년 때 나를 추천해서 '잠 깐 반장'이 되게 했던 바로 그 아이였다. 불행은 항상 기묘한 대칭을 이룬다.

"쟁맹훈이요!"

끝내 그 아이는 터져 나오는 장난끼를 주체하지 못하고 내 이름을 외쳤다. K동은 대전 시내에서 버스로 40분쯤 걸리는 조금은 외곽에 위치한 동네였는데, K초등학교를 나오면 특별한 일이 없는한 모든 학생들이 K중학교로 올라갔다. 그 날 현택이를 비롯해 나를 찍어준 대부분의 친구들은 초등학교 5학년 때 나와 같은 반이었던, 그래서 그 때 내가 반장자리를 포기했던 사실을 알고 있는 아이들이었다.

중학교 3년 중에서 가장 힘들고 또 중요하다는 마지막 학년에 나는 그렇게 반장이 되었다. 그 날 집에 돌아갔을 때, 어머니는 무척이나 나를 대견해 하셨다.

뜨거운 엉덩이

"따르릉! 틱!"

"아후……. 졸려서 뒤지겠네."

어젯밤 독서실에서 공부를 하다가 새벽 1시에 돌아왔다. 시계를 보니 6시 30분. 머리 감고, 교복 입고, 아침을 먹고 다시 시계를 보니 7시 20분이 조금 넘은 시각이었다.

"공부할 때는 시간 엄청 안 가는데, 아침에는 멍하니 생각만 하고 앉아 있어도 그냥 10분이 파악 지나가 버린다니까!"

나는 책가방과 도시락 가방, 그리고 실내화 주머니를 들고 현관을 나섰다. 집에서 학교까지는 걸어서 10분밖에 걸리지 않았기 때문에, 7시 40분에 떠나도 아침 보충수업시간 전까지는 충분히 도착할 수 있었다.

주택들이 참으로 많은 K중학교 주변의 길거리에 밤새 강아지들은 그들의 지뢰들을 설치해 놓았고, 그래서 가뜩이나 졸린 눈을 부릅뜨면서 걸어가야 하는 것은 보통 짜증나는 일이 아니었다.

학교에 도착하니 7시 50분.

정문 앞에는 교복과 명찰, 그리고 배지를 검사하는 '선도' 학생들과 선생님이 한 분 서 계셨다. 만약에 걸리면 오리걸음으로 운동장을 한바퀴 돌고 들어가야 했다. 아침 안개에 가려진 학교와 운동장은 '황폐한 사막'과 '유령집'을 연상케 했다.

3층 교실 창문 밖으로 몇몇 아이들이 고개를 내밀며 하나 둘씩 등교하는 친구들의 이름을 부르면서 악을 쓰고 있었다.

'저 자식들 공업선생님한테 걸리려고 환장했구만…….'

나는 실내화를 신으면서 중얼거렸다. 그리고는 교실로 들어온 뒤 나도 창 밖을 내다보았다. 그때였다.

"엥! 저어기 창문에서 소리 지르는 놈덜, 다 이리와! 무조건 거기 서 있는 놈들은 다 이리와! 엥!"

공업선생님이었다.

"엥? 이놈들아! 엄마가 아침 일찍 일어나서 우리 아들 학교 가서 열심히 공부하라고 도시락 싸줬으면 와서 책 펴놓고 공부해야지, 엥! 아침부터 창가에 서서 뭐하는 거여! 엥!"

'저는요, 기관지염을 앓은 적이 있어서요, 허파 상태가 좋지 않거든요⋯⋯. 그래서 맑은 공기 좀⋯⋯.'

나는 공업선생님께 그렇게 말씀드리고 싶었다. 하지만 참았다. '엥엥' 거리실 게 뻔했기 때문이다. 창가에 서 있던 우리들은 대나무 몽둥이로 엉덩이를 3대씩 맞았다. 왠지 억울한 느낌이 들었다.

"저 씨입새끼!"

"아오⋯⋯! 그냥 저 쌔끼 한 대 파악 까버렸으면 좋겠네!"

"하우⋯⋯! 씨이 푸아알 로움!"

선생님이 나가시고 난 뒤에 우리들은 발끝을 세우고 엉덩이를 문지르면서 막무가내인 듯한 공업선생님 뒤에서 호박씨를 깠다. 공업선생님이 오락실에서 실컷 '한 판을 땡기고' 훌훌 스트레스를 풀고 나가는 그런 사람처럼 보였던 것은 왜인지⋯⋯. 쓰라린 엉덩이는 자꾸만 나에게 되물었다.

나는 자리에 앉아서 보충수업 준비를 했다. 아직도 엉덩이가 욱씬욱씬거리고 있었다. 이윽고 국어선생님은 시험지 한 장을 나눠

주고는 혼자 묻고 혼자 답하며 문제를 풀어주는 자신만의 '원맨 쇼'를 시작하셨다.

'한 달에 2권씩 읽어서 독서감상문 쓰라고 해놓고는 이따위 보충수업으로 소중한 우리들의 시간이나 떵겨 먹구 말야……'

시험지에 글씨를 쓰려하니 책상 표면에 칼로 파놓은 골짜기들이 하도 많아 픽픽거리며 샤프심이 부러졌다. 아침에 맞은 것도 기분 나쁜데, 고조되어 있던 불쾌감은 더욱 더 커지기만 했다. 문득 어디선가 '파악 파악' 하는 소리가 들려왔다. 다른 반에서 누군가가 어떤 선생님의 게임의 동전으로 희생되어 가고 있는 소리였다.

"오우……. 진짜 아프겠다."

몇몇 아이들은 허리를 뒤로 젖히며 놀란 귀를 기울였다.

"임마 조심들 혀……. 니들도 정신 바짝 안 차리면 저렇게 패줄 텨. 저것 참 아름다운 아침 음악소리야. 그렇지?"

어떤 학생이 몸을 비틀며 말없이 고통스럽게 멍들어가는 소리. 우리 모두는 조금씩 들썩거리며 선생님의 그 농담에 웃었다.

얌마 동산

45분의 아침 보충수업을 끝내는 종소리가 마침내 울렸다. 말이 보충수업이지, 그것은 학생들이 한 달에 9천6백원씩이나 내가며 선생님들의 입김을 45분 동안 고스란히 받아주는 것이었다.

5년 뒤인 1999년부터 교육개혁의 일환으로 자율학습과 보충수업이 전면 폐지됐다고는 하지만, 그 때 당시에 K중학교에서 시행되던 그 '보충수업'이라는 것은 선생님이 누런 프린트 한두 장을 나눠주고 혼자서 문제를 풀고 답을 불러주는, 효과보다는 낭비요소가 더 많은 아까운 시간들이었다.

아침에 등교하자마자,

"얌마! 책 펴놓고 조용히 아침자습해!"

아침 보충수업 끝나면,

"얌마! 화장실 갔다 올 놈은 빨리 갔다오고 조용히 앉아서 1교시 수업준비해!"

점심시간 끝나면,

"얌마! 밥 먹었으면 나가 놀지 말고 조용히 자습해!"

그리고 청소가 끝나면,

"얌마! 청소 다 했으면 조용히 앉아서 오후 보충수업 준비해!"

학교가 끝나면 6시. 그래도 선량한 백성으로 어떻게든 남으려는 대다수의 학생들은 그 때부터 학원을 향하거나 숙제를 하러 집으로, 혹은 독서실로 기어 들어갔다.

성은이 망극하옵니다

보충수업은 8시 10분에 시작되기 때문에 학생들은 8시쯤 되면 거의 다 등교를 했다.

'그래, 분명히 떠들거나 지각하는 애들이 있을 거야. 그런 놈덜은 내가 패줘야지!'

선생님들은 그런 흑심을 품고 교실문을 드르륵 열고 들어오시는 것만 같았다. 그리고 아이들이 떠들지 않으면 선생님은 은근히 초조해지시는 것 같았다.

"야……. 너 어제 축구시합 봤냐?"

"아니. 국어 숙제하느라 전반전에 황선홍이 골 넣는 데까지밖에 못 봤어."

"아우씨, 나도 보려고 그랬었는데 울 엄마 땜에……."

귓속말로 소곤소곤 영택이와 준식이가 어제의 이야기들을 은밀히 주고받고 있었다. 선생님은 결코 그 희열의 순간을 놓치지 않으셨다.

"음, 거어기. 김영택하고 황준식이 일루 빨리 나와 바바!"

별명이라든가 이 새끼 저 새끼로 호명하는 경우가 대부분인데 오늘 따라 도덕선생님께서는 아이들의 이름을 부르셨다. 다른 아이들은 홍미를 일으키지 못하는 시험지만을 뚫어지게 쳐다보다가 신선한 구경거리가 생긴 것을 내심 기뻐하며, 앞으로 나가는 두 아이들을 썰룩거리며 주시하기 시작했다.

"너……. 준식이랑 무슨 얘기했니?"

선생님의 첫마디는 지극히 온화했다.

"예? 저어, 지우개 있냐고요……."

"뭐여 임마?! 그러지 말구, 똑바로 솔직하게 이야기해 봐. 괜찮아."

"지우개 좀……. 빌려달라고 그랬어요."

"하아! 이 새끼 바라? 암마, 지우개가 음냐? 학생이 임마 주움비를 해놔야지. 너는 그래, 전쟁터에 나갈 때 총 안 들고 나갈려? 부랄두 아주 집에다가 두고 왔겠구먼."

교실 전체는 선생님의 그 기가 막힌 '정당화 명언'에 넘어가면서 자지러졌다.

"찰싹. 철썩. 타악."

1994년 10월 19일 아침 도덕 보충수업시간에 그렇게 영택이는 2대, 준식이는 1대를 맞았다. 아이들은 웃었고, 그리고 선생님은 무척이나 행복해 하셨다. 확실한 것 한 가지는, 도덕선생님은 학생시절에 딴 건 몰라도 언제나 지우개 하나는 완벽하게 챙겨 가지고 학교를 다니셨다는 사실이다.

영택이가 만약 그 때 정말로 솔직하게 준식이와 축구얘기를 했다고 선생님께 말씀을 드렸었다면 어떻게 되었을까.

"하아! 이 새끼 바라? 얌마, 니가 축구선수여? 학생이 임마 고용부를 해야지. 그러니까 성적이 안 오르지 이놈아!"

아마도 다섯 대는 더 맞았을 것 같다.

하나를 위한 모두, 모두를 위한 하나

김태웅이라는 반 친구가 3층 남자 화장실 쪽 계단의 창문 하나를 깨뜨린 적이 있었다. 학생과장인 영어선생님뿐만 아니라, 담임선생님까지 화가 끝까지 치밀어 올라 그 날 잘못도 없는 나머지 오십 여 명은 오후시간을 대왕님들의 진노 앞에 고스란히 반납해 드려야 했다. 우리들은 한 시간 동안 머리를 교실 바닥에 박는 벌을 받았다. 그 때는 '한 사람이 잘못하면 나머지도 오십 명 또한 모두 잘못한 것이다'라는 정당화 명언이 땀을 흘리는 우리들의 머리 위에서 맴돌고 있었다.

"조금만 인간적으로 대해주면 자식들이 말야, 이 새끼들……. 임마! 니들이 먼저 잘해야지. 잘해주면 니네들은 그걸 몰라. 이 개놈 자식들……. 앞으로 또 사고치면 그 땐 아주 죽여 버릴 껴! 얌마, 김태웅! 너 같은 놈은 뭐하러 학교 나와 앉아 있어 임마!"

나는 빠드득거리는 이빨 사이로 초등학교 6학년 때 이후로 꺼져가던 선생님들에 대한 분노에 새 기름을 끼얹었다. 그것은 어쩌면 도덕교과서에 나오는 청소년기의 '이유 없는 반항심'이었을 뿐인지도 몰랐다.

"그러니까, 니네들은……. 때려서 키워야 돼. 정직하게 말하면 왜 우리가 때리겠냐?"

킹 오브 파이터즈

아침 과학 보충수업시간에 영훈이가 10분쯤 늦게 들어오는 바람에 지각을 했다. 담임선생님은 그 때 칠판에 X, Y염색체들을 한참 그리고 계시는 중이었다.

"이 자식 봐라? 어이구……. 이리 이리, 이리 나와서 엎드려뻗쳐."

"……."

영훈이는 아무 말 없이 앞으로 나와서 바닥에 두 손을 대고 엎드렸다.

"이 자식아! 지난번에 한번 내가 봐줬으면! 제대로! 해야! 할 거 아냐! 이 새꺄! 너는 임마 인간적으로 틀려먹었어. 이 싸가지 없는

놈 새끼!'

선생님은 그렇게 느낌표가 하나씩 올라갈 때마다 영훈이의 옆구리를 걷어찼다. 선생님은 그런 후에 교실 뒤에서 플라스틱 빗자루를 가져오시더니 엎드려 있는 영훈의 장딴지를 10대 때리고, 그를 일으켜 세운 뒤 뺨을 3대 후려갈겼다. 그리고는 또 다시 엎드려 뻗쳐를 시키고는 영훈이의 등에 발을 올려놓았다.

"니네 새끼들은, 개나 똑같아 이놈 새끼들! 말을 하면 알아들어야 할거 아냐, 이놈 자식들아! 다음에 또 지각하면 그 땐 아주 죽여 버릴 껴……. 어서 들어가!"

1994년 10월 21일. 그 날부터 나는 선생님들의 활약상을, 그들이 '하신 말씀'과 '사랑의 맴매'를 토씨 하나 틀리지 않고 나의 작은 노트에 은밀히 담아나가기 시작했다. 공부라는 방패만 내세우면 모든 것이 정당화되고, 모든 학생들의 반란을 막아낼 수 있다는 선생님들의 신나는 학교 모험은 체육시간, 점심시간, 보충수업시간 할 것 없이 언제 어디서나 이루어졌다.

1994년 10월 21일 5교시 국어수업

아이들 두 명이 수업시간에 웃었다. 선생님은 들고 계시던 30cm자로 그들 두 명의 뺨을 각각 5대씩 때렸다. 도중에 자는 부러졌지만 그 부러진 반쪽 짜리 자는 끝까지 자신한테 주어진 임무를 완수했다.

1994년 10월 22일 오전 도덕 보충수업

앞에서 아이들 두 명이 떠들었다.

"야이 쌍노무 새끼야, 이리 나와!"

그 두 명의 아이들은 '귀 싸대기'를 3대씩 맞았다.

같은 시간에 태환이가 떠든다고 걸렸다. 그도 역시 뺨을 3대 맞았다.

"들어가, 이 쌍노무 새끼야! 너 새끼가 공부를 얼마나 잘하길래 떠들어!"

1994년 11월 9일 오전 공업 보충수업

두철이가 아침에 5분 늦게 교실에 들어왔다.

"이 자식이? 수업 방해하고 이 자식이! 엥! 응? 이 자식아 커서 뭐가

되겠어 엥?"

두철이는 대나무 막대기로 허벅지, 머리 등을 7대 맞고 선생님의 명령

에 따라 바닥에 엎드렸다.

"최소한 기본 예의는 지켜야 할 거 아냐, 자식이!"

5분 후에 두철이는 '들어가!' 하는 선생님의 명령을 들었다. 두철이는

절뚝거리며 제자리를 찾아갔다.

"저놈 다리를 분질러 버릴라!"

1994년 11월 29일 오전 7시 58분

아이들이 아침에 등교해서 제자리에 얼른 앉지 않고 떠든다고 공업선

생님은 무작위로 한 학생을 본보기로 골라냈다. 태훈이는 선생님의 실

내화로 뺨을 3번, 대나무 몽둥이로 목 뒤를 4번, 다시 손바닥으로 얼

굴을 3대 맞았다. 공업선생님이 나가신 후 조금 뒤에 담임선생님께서

들어오셨다. 태훈이는 책상 위에 엎드려서 엉엉 울고 있었다. 담임선생

님은 슬픈 표정으로 우리들을 쳐다보셨다.

"아침에는 선생님들이 기분이 좀 안 좋아서 때릴 수도 있으니까…….
그냥 이해해라."

1994년 11월 30일 2교시 한문수업

선생님이 학생들에게 프린트지 한 장을 나눠주셨다. 그로부터 1분이 지
났다. 맨 뒤에 앉은 한 학생이 안 풀고 가만히 앉아 있었다. 잘못이라면
잘못이었다.
"너는 임마 풀지도 않냐 이 쌔꺄! 이런 개새끼만도 못한 놈을 봤나!"

콜로세움

우리들은 학교에 나가서 열심히 인생 공부를 했다. 팔꿈치로 어
떻게 하면 가장 극대화된 고통을 남에게 줄 수 있는지, 발길질을
어떻게 하면 상대방에게 가장 효과적으로 할 수 있는지…….

칠판에는 백제의 개로왕의 뒤를 이은 문주왕이 서울을 웅진성
으로 옮겨 나라의 중흥에 힘썼다는 내용들이 적혀 있었고, 학생들
은 '친구가 고민과 갈등에 빠져 있을 때 우리는 어떻게 해야 하는
가?' 하는 도덕시간의 물음에 '③ 친구의 이야기를 들어주고 도
와주도록 노력한다'를 찍으면서 윤리적인 지식과 인간이 가져야
될 바른 마음가짐을 공부했다.

교과서의 내용들은 너무나도 올바르고, 정확하게 나누어 떨어
졌으며, 깨끗했다. 눈에 보이는 우리들의 교실 세계는 지극히도
아름다웠다. 그렇지만 보이지 않는, 건드릴 수 없는 무언의 세계

와 교단 위의 영장류들이 풍기는 온갖 동작과 소리들로부터 우리 학생들은 더 많은 삶의 지식과 노하우들을 습득해 나갔다.

"내가 얼마 전에 어떤 책을 읽었는데, 학생들을 때린다는 게 참 나쁘다는 것을 알았어. 그러니까……. 앞으로는 너희들을 안 때리도록 노력할 꺼. 만약 내가 때리기 시작하면 니들이 꼭 나를 막아 줘."

초등학교 6학년 때 이후로 나는 한 가지 희망을 잃어가고 있었다. 한국에서 숭고하고 아름다운 마음을 가진 존경스러운 선생님을 결코 뵙지 못할까봐, 이 땅에는 그런 선생님이 안 계실까봐……. 이런 걱정 속에서 나는 하루 하루를 살아가고 있었다.

그 때 국어선생님의 너무나도 고결하고 아름다운 모습을 바라보면서 나는 책상 아래에서 선생님들 몰래 적어나가던 그 '폭력일지' 노트를 손에서 살며시 접었다. 내게는 내가 바라보며 섬길 수 있는 단 한 분의 멋진 전하만 계시면 되었기 때문이다.

"이놈! 이리 나와!"

그런데 어느 날 국어선생님은 한 학생이 떠든다고 불러내서는 곧바로 얼굴을 손바닥으로 때리기 시작하셨다.

"……선생님, 안 때리기로 약속하셨잖아요."

모두들 존경스러운 국어선생님의 은총을 희망이 가느다랗게 달린 눈으로 바라보았다.

"내가 그때……. 잘못 생각했어. 역시 니 놈들은……. 때려야지 말을 잘 들어!"

국어선생님은 예전의 폭군 같은 모습으로 어느새 되돌아와 계셨다.

완전범죄

"주번! 오늘 체육시간엔 말이다……. 에, 멀리뛰기 연습했다고 그렇게 적어 놔라. 알았지?"

체육선생님은 기말고사가 얼마 남지 않았다고 공부할 시간을 주겠다면서 교실 수업을 하기로 하셨다. 선생님께 여쭤보니 교장 선생님이 그렇게 시키는 것이라고 하셨다. 그리고 학급일지는 교육부에서 검사하기 때문에, 체육시간에 정상수업을 한 것처럼 해놓아야 한다는 것이었다.

연합고사가 얼마 남지 않았다고 선생님들은 2학기 때부터는 아예 점심시간에 나가 노는 것을 금지시키셨는데, 며칠 전에는 방과 후에 농구를 했다고 반 아이들 5,6명이 몽둥이로 허벅지 찜질을 당했다. 그 아이들 중에는 나도 끼어 있었다.

"야! 7반 반장하고 19번, 23번 교무실로 와!"

나는 공부로봇 19호, 23호와 함께 교무실로 내려갔다. 담임선생님은 우리 셋을 보시더니 한쪽 다리를 다른 쪽 다리의 무릎 위로 얹으셨다.

"니네들……. 어제 분명히 '예' 에다가 표시를 해오라고 내가 그랬었는데, 왜 '아니오' 에다가 해왔어?"

"저기요, 엄마가요……. 학원에 다니니까 하지 말라고 그래서……."

"그냥요……. 보충수업 하기 싫어서요……."

"임마, 이거 전부다 '예' 에다가 해와야지 안 그러면 교장선생님한테 내가 혼난단 말여."

선생님은 당황한 기색을 애써 누르시며, 대신 그 자리에 의아하다는 표정을 끼워 넣으셨다.

"아니, 반장은 또 왜 '아니오'에다가 해왔어?"

"희망 여부를 묻길래요……. 진짜루 하기 싫어서, 그냥. '아니오'에다가 해왔는데요……."

"하아! 이거 반장이 이러니까 우리 반이 맨날 꼴찌를 하는 거 아녀!"

선생님은 웃음이 깃든 이상한 표정을 지으셨다. 그리고는 보충수업은 누구나 다 해야 한다고 그러시면서, 새로 '예'에다가 표시를 해서 내일 다시 가져오라며 새 보충수업 신청서 3장을 우리들에게 나눠주셨다.

잘못된 판결, 차가운 무덤

시험 결과가 나오는 날은 심판의 날이었다. 담임선생님은 성적표를 가지고 교실로 들어오셨고 우리들은 한 명씩 존경하옵는 재판장님께로 나아갔다.

"음…. 1번 김수현이. 이리 나와 봐!"

"……."

말하자면 수현이는 전과 8범 정도 되는 범죄자였다.

"저번에 우리 수현이가 몇 등 했더라? 24등 했었나, 그렇지?"

"……아니요, 저기 22등 했었는데요."

"아이구, 그래 너 참 공부 잘한다! 이번에는 몇 등인 줄 알아 임마? 7등이나 밀려났어, 7등! 7곱하기 2하니까 14……. 14대만 맞자잉?"

선생님의 얼굴에는 모종의 기쁨이 가득 넘쳐나기 시작했다. 다른 인간에게 자신의 힘으로 고통을 안겨주는 것만큼 희열이 넘치는 일은 없는 것이었던가? 아니면 그것은 단지 천박한 힘의 노출일 뿐일까?

때리지 못해 팔이 그동안 근질거리기라도 했었는지 담임선생님은 신나게 수현이를 팼다. 아이들은 펄쩍펄쩍 뛰는 수현이를 바라보면서 깔깔 웃어댔다.

지금은 교사의 학생들에 대한 육체적 체벌이 금지시되어, 대신 그 자리에는 벌점을 부여하거나 청소를 시키는 것 같은 체벌문화가 자리를 잡아가고 있다지만, 1995년 그 당시까지만 해도 교실 앞에서 누군가가 맞는 것을 지켜보는 것은 무척이나 '재미있는' 오락거리였다.

고대 로마의 콜로세움에서 검투사들이 죽어나가는 것을 보고 관객들이 박수를 쳤다면, 우리들은 다른 학생이 교실 앞에서 멍들어 가는 것을 즐겁게 지켜보면서 웃었다. 때로는, 매를 맞는 당사자들조차도 웃었다.

제기랄, 남이 잘못되는 것을 유난히도 좋아하는 것이 우리나라 사람들이라고 누가 그랬나.

"음 반장. 저번에는 13등이었는데 이번에는 10등….."

법정의 부름을 받아 판결을 받기 위해 나도 앞으로 나갔다.

"명훈이……. 10등 밖으로 밀려나면 작살날 줄 알어! 반장들 중에서 니가 공부를 제일 못한다는 거……. 너도 알지?"

선생님의 입으로부터 터져 나온 그 말들을 듣는 순간 나의 가슴은 이것도 저것도 아닌 잡탕이 되어 버렸다. 제자리에 가 앉으면서 나는 얼굴이 후끈 달아오르는 것을 느꼈다. 친구들이 다 있는데서 그런……

성적표가 다 나누어지고, 곧 이어 선생님은 반 전체를 향하셨다.

"반장, 잠깐 일어나 봐."

"……예?"

"미국서는 한 반에 몇 명이나 학생이 있더냐?"

"예……. 저, 한 20명 정도……."

"그러냐? 요즘 TV에서 많이 나오는 '학생들은 사랑과 칭찬과 격려로 교육시켜야 한다.' 뭐 그런 거……. 거 참 좋은 얘기여. 하지만 니네들 봐라. 조금만 치켜세워 주면 그저 좋아서 기어오르지. 미국서는 선생님들이 학생들 안 때리지?"

"……예."

"하지만 여기는……. 여기는 미국이 아니란 말여. 우리나라 애들은 매우 쳐야 혀. 때려서 키워야 돼. 그 방법밖에 없어."

나는 그저 고개를 숙이고 가만히 서 있었다.

"니네들, 조금만 풀어주면 이 따위로 시험을 치지? 아무튼 이번에도 우리 반이 꼴찌했으면 그때는 다들 각오를 해라. 그리고 내일까지 부모님 도장 찍어 가지고 반장한테 내! 이상!"

선생님은 나가셨고 교실 안은 태풍이 지나간 듯 고요했다.

"아우, 씨부럭! 집에 가서 엄마한테 또 X나게 터지겠네!"

"에이, 나 오늘 집에 안 가련다! 재수 똥 튀겨 진짜."

아이들은 몸을 비비꼬면서 저마다 한마디씩 하소연을 했다. 어떤 아이들은 집에 가서 꾸중을 들을 걱정에 두 손에 얼굴을 파묻고는 힘없이 앉아 있었다.

못하면 더욱 기를 죽이고, 잘해도 다시 떨어지면 더 혼이 날 텐데, 어떤 미친놈이 좋다고 공부를 열심히 하나.

우리들은 창문을 열고 한없이 멀게만 느껴지는 하얀 구름 조각들을 바라보았다. 대부분의 아이들도 성적표를 보다가 저마다 하나 둘씩 밖으로 얼굴을 돌렸다. 태풍이 지나간 뒤의 하늘은 더욱 맑아 보였다. 우리 모두는 따뜻한 누군가의 품을 그리며, 공부 못해도 구박하지 않는 너그러운 여신을 저마다 찾아 나서며 올림포스의 황혼을 바라보았다. 그 작은 교실은 우리들을 가둬두지 못했다.

땀

예상했던 대로 우리 반이 전체 8개 반 중에서 꼴지를 기록했다. 그래서 우리 모두는 교실바닥에 머리를 박았다.

"이 새끼들 봐라? 임마! 잘해주면 그만큼 더 열심히 해야지 어떻게 꼴지를 하냐, 이 자식들! 하아!"

선생님들은 1등부터 50등까지의 학년 석차를 복도에다가 크게 써 붙이셨기 때문에 누가 공부를 최고로 잘하고, 또 어느 반이 공부를 제일 잘하고 못하는가를 우리들은 싫어도 알아야 했다.

땀에 흠뻑 젖은 교복을 입고 우리는 청소할 준비를 했다. 아이들은 창문들을 열어젖히고 책상들을 전부 다 뒤로 밀기 시작했다. 몇몇 아이들은 빗자루로 교실 바닥의 먼지와 쓰레기들을 쓸기 시작했고, 나머지는 복도에 나가서 대걸레로 나무 바닥을 문지르기 시작했다. 1반 선생님이 우리 교실의 문을 두드린 것은 그때였다.

"니들 말여. 청소 끝나고 전부 다 무용실로 모이도록 혀!"

"예? 보충수업은요?"

선생님 바로 옆에서 창문을 닦던 한 아이가 물었다.

"오늘은 보충대신 특별 훈련이 있으니까……. 아무튼 청소 끝나고 얼른 모이도록 혀!"

선생님은 다른 반에도 가서 똑같은 말씀을 하셨다.

청소가 끝나자 나는 반 아이들과 함께 무용실로 향했다. 다른 반 학생들도 전부 와 있었다. 그런데 2층 교실에 있는 여학생 반 아이들은 보이지 않았다. 그것은 남학생들하고만 관계된 일이었다. 불길한 예감이 들었다.

다른 반 선생님들도 전부 와 계셨고, 그들은 잔뜩 화난 호랑이들처럼 손바닥에서 저마다의 흉기들을 갈고 있었다. 그리고 제일 앞에는 국어선생님인 1반 담임선생님이 서 계셨다.

"이 새끼덜, 조용히 안 해에!"

2반 담임이신 수학선생님이 200여 명의 남학생들을 향해 외쳤다. 험상궂은 수학선생님의 말씀에 쫄지 않을 학생은 별로 없었다.

"연합고사가 46일 남았는데……. 니 3학년들. 느무 뜨들어. 3학년이 느무 뜨든다고 교장선생님께 오늘 된탕 혼났어. 그러니까 오늘……. 기합을 줄텨!"

가다가 간간이 기어가는 편법을 쓰느라 아이들의 무릎에는 먼지가 새까맣게 묻어나기 시작했고, 다리는 한 걸음씩을 뗄 때마다 더욱 후들거렸다. 그리고 선생님들은 몇 십 미터마다 간격을 두고 몽둥이와 회초리들로 우리들을 쿡쿡 찔렀다. 그렇게 우리들은 40분 동안 3층, 4층을 오리걸음으로 3바퀴를 돌면서 선생님들을 위해 땀을 흘렸다.

"니 3학년들. 이제 브를 받았으니 안 떠들려고 노력혀. 하루에 뜨드는 놈 10명만 걸려도……. 매일 이럴 껴. 니들은 안 걸리도록 노력혀야고, 나는 잡으려고 노력할 껴."

땀을 삐질 삐질 흘리면서 우리들은 아무 말 없이 각자의 교실 속으로 비틀거리면서 들어갔다. 나는 책가방 속에 낡은 교과서와 참고서들을 집어넣으면서 아직도 헐떡거리는 숨을 가다듬었다.

샴페인

연합고사가 끝나자 학생수용소는 죄수들에게 많은 자유를 주었다. 만화책을 읽어도 괜찮았고 농구를 마음껏 해도 혼나지 않았다. 아침에 일찍 나와서 자습할 필요도 없었고, 선생님들은 우리들이 떠들어도 별로 상관을 하지 않으셨다. 아직 교과 진도가 조금 남아 있었지만 수업시간에 선생님들은 책이나 읽으라고 하시면서 휴게실로 가버리곤 하셨다. 학교에 만화책과 소설책을 가져와서 읽는 친구들의 얼굴에는 웃음이 가득했다. 선생님들은 3학년 전체를 데리고 시내에 나가서 영화구경까지 시켜주셨다. 그 때 본 영화가 '스타게이트 Stargate'였다.

그로부터 며칠 뒤에 교무실로 내려가던 중 나는 계단에서 담임선생님과 마주쳤다.

"음, 반장! 이번 연합고사에서 몇 점 맞았나? 180점은 넘었겠지? 문제가 너무 쉬웠잖아?"

"예……? 아니요, 한 150점 조금 넘었을 것 같은데요……."

나는 입술을 씰룩거리면서 들고 있던 학급일지를 만지작거렸다. 선생님은 나의 공부력이 어느 정도인지 잘 알고 계셨을 텐데……. 나는 선생님께서 계단을 올라가시는 뒷모습을 바라보았다.

모의고사에서 항상 180점 이상을 기록하는 공부 '잘하는' 아이들도 우리 반에 적잖이 있었지만, 나는 그 정도로 공부의 힘이 센 학생이 아니었다. 1년 동안 나는 8개 반의 반장들 중에서도 늘 꼴찌를 기록하고 다녔다.

교무실의 책꽂이에 학급일지를 꽂아 놓고 나는 다시 교실을 향해 발걸음을 옮겼다. 무수히 뚫고 지나간 시험들과 뜨겁고 추웠던 보충수업의 나날들. 모든 신체적 자원과 나무로 만든 딱딱한 산물들을 이용해서 우리들을 연합고사의 문턱에까지 무사히 몰고 가셨던 선생님들. 그리고 그 틈바구니 속에서 소리 없이 묻혀져 간 우리들의 울부짖음들……. 창 밖의 햇빛은 복도를 환하게 비추고 있었다.

만화경

연합고사가 끝난 뒤에 생겨나는 여유와 고등학교에 입학하기 전까지의 그 긴 공백기간 동안 나는 모처럼 6년 만에 처음으로 다시 접해 보는 방학다운 방학을 보냈다. 그리고 그 기간 동안 나는 틈틈이 시간을 내어 훗날 이 책의 주요한 부분들이 될 원고들을 조금씩 써 나가기 시작했다.

사실 그것은 K중학교의 교장선생님께 편지 한 통을 드리고 싶은 나의 작은 동기에서부터 출발한 것이었다. 나는 며칠을 투자해서 거의 30페이지에 달하는 긴 편지를 만들어 냈는데, 그것은 이미 편지가 아니었다. 차라리 한 권의 작은 책이었다.

"허, 우리 명훈이가 대단한 일을 했네! 여보, 이리 와서 우리 명훈이가 쓴 것 좀 봐요!"

아버지는 내가 훌륭한 편지를 썼다면서 칭찬을 아끼지 않으셨다. 그리고 아버지는 한술 더 떠 그것을 책으로 출판해서 내면 어떻겠냐고 물으셨다. 미국에서 살다와 한국의 생활에 힘겹게 적응한 어느 중학생이 쓴, 학창시절의 고뇌와 삶이 담긴 책.

그것을 통해서 나는 나의 가슴에 묻은 녹과 때를 어느 정도 씻어낼 수 있을 것 같기도 했다. 그래서 나의 계획은 작은 골목에서 나와 보다 큰 도로를 향했다.

나는 K중학교의 교장선생님께 올리려던 편지를 더욱더 확장시켜서 한 권의 책을 쓸 각오로 글을 써나가기 시작했다. 한국 생활에 적응하면서 힘들었던 이야기들, 선생님한테 처음 맞았을 때 느꼈던 아픔과 마음의 상처들, 그리고 교육에 대한 나의 솔직한 생각들. 하지만 내 머릿속은 깨알같이 들어서는 글자 수만큼이나 점점 더 복잡해져만 갔다.

'아직 고등학교에도 안 들어간 애송이 중학생이 감히 교육에 대해서 뭐라고 지껄여?

사람들이 내 책을 읽고 혹시나 이런 공격을 해오지는 않을까 하는 두려움이 생기면서부터 나는 망설이기 시작했다. 그리고 아직 고등학교에도 들어가지 않은 시점에서 우리나라의 선생님들과 교육을 몽땅 싸잡아 나의 작고 짧은 잣대로 재 버리는 것이 얼마나 위험한 일인가 하는 생각을 했다. 그 뒤로는 좀처럼 글씨들이 지면 위로 떠오르질 않았다.

'곧 있으면 고등학생이 될 텐데……. 좀 더 경험을 쌓은 뒤에 글을 써도 늦지는 않을 거야. 그래……. 그때 가서 쓰자구.'

나는 숨을 크게 들이마시고는 책꽂이에 나의 노트를 꽂았다. 그리고 일반수학의 정석을 펴놓고 빨갛고 검은 수학의 세계 속으로 그런 나의 뒤숭숭한 갈등들을 집어넣었다.

행운의 학교

겨울방학이 거의 끝나 가는 시점에서 모든 학생들의 주된 관심사는 어느 고등학교로 내가 배정되느냐 하는 것이었다. 우리 반에서 연합고사에서 떨어진 학생은 한글을 모르는 한 아이뿐이었다. 그 친구 외에는 모두들 각자의 점수를 가지고 나라에서 고등학교를 정해주는 '뺑뺑이' 게임에 참가했다. 특별히 성능이 우수한 몇몇 학생들은 이미 과학 고등학교와 외국어 고등학교의 초대 손님들이 되어 있었다.

우리들은 한 명씩 교실 앞으로 나가 담임선생님으로부터 각자의 고등학교 배정표를 받았다. 어느덧 내 차례가 되어 나는 콩닥거리는 가슴을 안고 조그마한 종이쪽지를 펼쳐들고는, 마치 보기 싫은 광경을 억지로 봐야 하는 사람처럼 찡그린 얼굴로 배정된 고등학교의 이름을 살펴보았다. 대전 지역에서 가장 안 좋기로 소문이나 있던 고등학교는 F고였다.

그런데 내 이름 밑에는 또렷이 'F고등학교' 라는 글자가 인쇄되어 있었다. 순간 내 옆에 앉아 있던 친구 상훈이는 짐작이라도 했었는지 나를 보고는 히죽히죽 웃었다.

"히잉 명훈이! 무슨 학교여?"

"F……F 고등학교."

그 말이 나오기가 무섭게 상훈이는 배를 움켜잡고 키득키득 웃기 시작했다. 자기는 비교적 좋다는 D고등학교로 배정이 되어 있었으니 그럴 만도 했다.

F고등학교로 배정이 된 아이는 비단 나뿐만이 아니었기에 그다지 상황이 나쁘지는 않다고 생각은 했다. 하지만 3월에 시내 쪽으로 이사를 가기로 되어 있었기 때문에, 그렇게 되면 F고등학교로부터 너무 멀리 떨어지게 되니 그것이 걱정이었다. 내가 그런 고민을 하고 있는 동안 학생들에게는 배정표가 다 주어졌고, 담임선생님께서 일어나셨다.

"자자, 조용 조용! 에……. 지금 배정표를 다 나눠줬는데 이상한 데 가게 됐다고들 너무 떠들……. 야 임마, 김태웅이! 아직 졸업식 하지 않았어. 자세 똑바로 하고!"

반 전체가 자세를 가다듬었다.

"에……. 오늘이 사실상 여러분들과의 마지막 날인데, 그동안 섭섭한 일도 있었고 그랬지만 졸업식 날만큼은 즐거운 표정으로 만나길 바란다. 에……. 공부하느라 정말 수고들 했고, 고등학교에 가서도 열심히 했으면 한다. 뛰지 말고 조용히 밖으로 나가도록. 이상!"

나는 그 어느 때보다도 엄숙한 분위기 속에서 선생님께 드리는 마지막 인사를 올렸다.

"전체! 차렷!"

"경례!"

"감사함다!"

그 후 며칠 뒤에 우리 모두는 졸업식을 맞이했다. 아이들은 교실에서 마지막 중학교 시절의 여운을 느끼며 빗자루로 칼싸움을 해대고, 대걸레 봉술싸움을 펼치며 자유의 그 날을 기쁘게 맞이했다. 졸업식이 곧 시작된다는 안내방송이 나오자 우리 모두는 우르르 학교 건물 앞의 졸업식 장소로 뛰어나갔다. 우리들의 족쇄가 마침내 풀리는 해방의 순간이었다.

졸업식이 끝나고 나는 반 친구들과 함께 사진을 찍었고, 슬슬 하나 둘씩 교문을 나서는 아이들과 아쉬움 속에서 작별 인사를 나누었다. 그 때 머리를 깔끔하게 빗고 검은 양복을 쫙 빼 입은 한 젊은이가 내 옆을 지나갔다. 어디선가 분명히 본 적이 있는 사람이었다.

"어? 야, 너 준호 아니냐?"

"어라, 이게 누구여? 양키!"

우리 둘은 서로를 끌어안았다. 그리고 등을 토닥거리면서 악수를 하고 서로가 어떻게 지내는지를 그 즐겁고 숨가쁜 짧은 순간 속에서 교환했다. 나는 반 친구들과 준호와 함께 사진을 찍었다. 서울에서 K중학교의 졸업식 소식을 듣고 친구들을 만나기 위해서 내려 온 그였다. 나도 그 친구들 중 한 명이었다.

나는 어머니와 함께 교문을 나섰다. 마지막으로 이 교문을 나선다는 감상적인 생각에 젖어 나는 잠시 뒤를 돌아보았다. 아침이면 황폐한 사막과 유령의 집이 되어 다가오던 운동장과 학교 건물도 그 때만큼은 숭고한 졸업의 옷을 입고서 영롱하게 빛나고 있었다. 삐걱거리는 교문을 나서는 사람들의 꽃다발 속에서 떨어진 분홍 꽃잎들이 여기저기에서 휘날리고 있었다.

제 3 장

한국 탈출

이슬

더 높은(高) 곳을 향해 있는 숭고함이 느껴지는 장소. 아무리 나쁘다고 소문이 나 있는 고등학교라고 해도, 최소한 중학교보다는 순서가 뒤인 만큼, 보다 더 신사적이고 인간적인 냄새와 가까워지게 되리라는 희망을 나는 가슴속에 품고 있었다. 설령 중학교 때보다 훨씬 더 많은 양의 공부가 나를 덮쳐 버린다고 해도, 그 틈바구니 속에서 어떤 형태로든 따뜻하고 포근한 희망이 자리 잡고 있다면, 나는 그것만으로도 행복해질 수 있을 것 같았다.

F고등학교의 신입생 임시 소집일이 되어 나는 같이 그 곳으로 배정된 몇 명의 친구들과 함께 F고를 찾아갔다. 우리들이 내린 곳은 고속도로 톨게이트가 있는 대전의 K쪽 끝지역. 높은 언덕을 타고 올라가는 길이 하나 길게 나 있었고, 그 언덕길 양옆으로는 나무들이 빽빽하게 줄지어 서 있었다. 나무들 사이에는 '경축! 서울대 4명 합격!'과 같은 내용의 플래카드들이 넘실거리며 걸려 있었다.

이윽고 맨 꼭대기에 이르렀을 때, F고와 F여고로 들어가는 정문들이 각각 그 모습을 드러내었다. 분홍색의 학교건물 자체는 비교적 낡아 보였지만, 왠지 어떤 비밀을 숨기고 있는 듯한 신비스러

움을 풍기고 있었고, 학교를 둘러싼 푸른 산과 나무들은 학교 주
변에 상쾌한 녹색배경을 깔아주었다. 학교가 높은 지대에 있었기
때문에 공기는 더없이 맑았다. 도심 속의 고등학교들에서 흔히 듣
게 되는 자동차의 소음 같은 것은 있을 수가 없었다. 좋은 자연환
경 속에서 공부를 하게 될 것임에는 틀림이 없었다.

2월 중순의 늦겨울 날씨가 아직은 쌀쌀했기 때문에 몇몇 교복
입은 F고 형들은 운동장 구석에서 불을 지펴 놓고 손을 비비며 몸
을 녹이고 있었다. 조회대 앞에는 F고등학교의 선생님들로 보이
는 어른들이 몇 분 서 계셨고, 운동장은 여러 중학교에서 모여든
수백 명의 아이들로 북적대고 있었다. 그 아이들 중에는 동권이도
있었다.

나를 비롯한 모든 신입생들은 곧 'F 가족이 된 것을 축하합니
다!' 라는 문구가 적힌 큰 봉투를 받았는데, 그 안에는 입학식 안내
문과 교복 맞춤 등의 입학 전 준비사항들, 그리고 입학 전에 실시
될 학력평가의 시험범위가 적혀 있는 작은 종이 한 장과 프린트지
두 장이 들어 있었다.

국어 : ○○○ 문제집 3과까지

수학 : 기본 일반수학의 정석 1 - 17단원까지의 연습문제

한문 : 프린트 고사성어

2월 ○일 오전 9시

F 고등학교

'시험!'

시험은 2주일 후, 입학식 날을 며칠 앞두고 실시될 예정이었고, 그 결과에 따라 반편성이 이루어질 것이었다.

"으이그 그러니까, 방학 동안 공부를 열심히 해뒀어야지."

"니네 학교는……. 입학 전에 이런 시험 안 보냐?"

"우리 학교가 조금 좋거든. 그래서 우린 그런 거 없어. 연합고사 봐서 들어왔는데 뭐하러 입학 전에 시험을 보냐, 아직 그 학교 학생도 아닌데? 그래서 다덜 F고를 보고 똥통이라고 하는 거여."

A고등학교로 배정된 한 중학교 친구는 나를 보면서 혀를 찼다.

7 : 20

F고등학교에 등교하던 첫날, 나는 새벽 5시부터 학교에 갈 준비를 하느라 분주했다. 넥타이를 목에 매달은 그 익숙하지 않은 불편함 속에서 나는 책가방과 도시락, 그리고 신발주머니를 들고 아파트 상가 건너편의 버스 정류장으로 향했다.

6시 30분. 이른 3월의 해는 아직도 지평선 아래에서 꾸물거리고 있었고, 세찬 비바람이 그 어둡고 추운 아침을 몰아치고 있었다. 나는 정류장 앞에 모여든 수십 명의 학생들 속에 섞여 잔뜩 몸을 웅크렸다. 우리 모두는 오돌오돌 떨고 있었다.

'후우, 7시 20분까지! 중학교 때는 지금이 일어나는 시간이었는데.'

곧이어 버스 한 대가 비바람 속에서 나타나 정거장 앞에 멈추어 섰다. 그 버스는 F고와 F여고로 향하는 학생들로 이미 만원을 이

룬 지 오래였다.

우리 모두는 '히야!', '히익!' 하는 탄성들을 내지르며 하얀 입
김을 내뿜었다. 7시 20분까지 학교에 도착하려면 어떻게든 이 버
스를 꼭 붙잡아 타야만 했다. 학생들은 버스기사 아저씨에게 문
좀 열어달라고 아우성을 쳤고, 기사 아저씨는 버스가 이미 꽉 찼
다고 수신호를 보내다가 마지못해 문을 열어주었다. 학생들은 앞
다투어 벌떼처럼 버스에 매달려 올라탔다. 하지만 이미 오래 전에
정원을 초과한 버스는 삐걱거리며 힘에 겨워 흔들릴 뿐이었다.

그것은 차라리 전쟁이었다. 쟤 때문에 내가 못 타고, 저 안경 쓴
놈 때문에 내가 버스에 못 올라타고……. 경쟁심리가 극에 달한
상황에서 몇몇 아이들은 미끄러져 넘어졌고, 그들의 도시락가방
과 실내화주머니들은 비와 눈으로 범벅된 땅바닥을 굴렀다.

결국 뒷문을 통해서 나는 간신히 버스에 올라탈 수가 있었다. 버
스는 당장이라도 터질 것만 같았다. 두터운 겨울옷들의 젖은 가죽
냄새와 고통스러운 신음소리를 안고 실려 나오는 하얀 입김들…….

그것이 고등학생이 되는 나의 첫날이었다.

13 계단

국어 시간이었다. 나는 선생님의 말씀을 귀담아 들으려고 노력
하고 있었지만, 차갑고 축축한 안개 속에서 피어 나오는 잡념들이
끊임없이 나의 머릿속을 쑤시고 들어왔다. 나는 고개를 숙인 채
국어 교과서를 초점 없는 눈으로 바라보았다. 그 전날 새벽 1시까

지 숙제를 하느라고 제대로 잠을 못 잔 상태였다.

"어허, 고개 들어 이놈들아!"

국어 선생님은 고함을 지르면서 회초리로 교탁을 날카롭게 내리쳤다. 아이들은 저마다 즉시 허리를 펴고 열중 쉬어 자세를 취했다.

"자, 지금부터 이 글을 요약해 보기로 한다. 선생님이 시간을 줬으니까…… 다들 충분히 읽어 봤겠지?"

"……예."

"자아, 누구 한번 요약해 볼 사람. 자신 있게 손들고 발표해 보세요."

선생님은 학생들을 한 바퀴 주욱 둘러보시며 누군가의 손이 올라오기를 기다리셨다.

"어허, 이놈 자식들……. 이래가지고 무슨 공부를 한다고 그러냐? 그럼, 시키는 수밖에!"

선생님은 다소 실망했다는 눈으로 위압감이 깃든 권력을 음미하시며, 교탁에 붙어 있는 좌석 배치표를 유심히 훑어보셨다. 교실 안의 공기는 냉엄했고, 분위기는 그 이상으로 날카로웠다. 조금 전에 선생님이 읽으라던 그 내용들과 나는 너무나도 동떨어져 있었다. 그 죄가 들통나면 나는 그 대가를 단단히 치러야 할 판에 놓여 있었다.

"19번!"

"예!"

"한번 요약해 봐요."

"아……그러니깐요. 사람은 이상을 위해서 사는데, 어, 그 이상은……. 꿈이고, 또 이상은 실현의 가능성이 있는 사고 같은……."

그 학생은 교과서를 수시로 내려다보면서 더듬거리고 있었다.

"얌마! 아예 교과서를 읽어라, 읽어! 선생님이 읽을 시간까지 줬는데 그거 하나 제대로 요약도 못하나? 졸업한 니 선배들은 너희들보다 머리가 나빴어도 이런 글쯤은 좔좔 외웠어 이 자식들아! 연합고사 봐서 들어온 놈들이 이 정도밖에 안 돼? 어허……."

그때 수업 끝을 알리는 종소리가 요란하게 울렸다. 그제서야 아이들은 이제 한시름 놓았다는 안도의 숨을 내쉬며 소란을 피우기 시작했다.

"아직 안 끝났어 이놈들아! 니네들, 내일부터 이딴 식으로 수업에 임하면……. 작살날 줄 알아! 이 단원 20번씩 읽어 오도록! 발표 시켜서 못하면 죽는다. 알겠지?"

"예……."

국어선생님은 회초리로 다시 한번 교탁을 따끔하게 내려치시고는 교실을 나가셨다. 학생들은 책상 위로 고꾸라지며 기지개를 펴는 등, 50분 동안 저당 잡혀 있던 저마다의 긴장을 풀어놓기 시작했다.

나는 매점으로 군것질하러 가자는 친구들의 성화에 못 이겨 그들과 함께 지하실의 매점을 향해 죽어라 뛰어갔다. 그나마 그것이 10분 간의 쉬는 시간 동안에 우리들이 즐길 수 있는 유일한 낙이라면 낙이었다.

"아우, 국어 새끼 X나 무서워, 안 그러냐?"

"하이구, 저래가지고 수업을 어떻게 하냐, 완전 공포여 공포, 씨

이바……."

"아, 이제 발표 못하면 내일부터는 죽도록 터지는 거 아녀. 아후!"

"선배들이 그러는데, 국어가 제일 무섭대. 일본어도 장난 아니라고 하던데?"

아이들은 허겁지겁 과자를 저마다의 입 속으로 우겨 넣으며 돌아가면서 한마디씩을 했다.

발 디딜 틈 없는 어두운 매점. 침과 껌으로 범벅된 계단과 복도들……. 수업시작을 알리는 종이 곧 울려 퍼지자 나는 친구들과 함께 급히 교실로 뛰어 돌아갔다. 또 다른 냉정한 공포의 시간이 우리들을 기다리고 있었다.

교실 속의 생명체들

다행스럽게도 나와 내 친구들은 선생님이 들어오시기 전에 교실로 무사히 잠입할 수가 있었다. 생물선생님은 복도 끝에서 서서히 뚜벅뚜벅 걸어오고 계셨다. 반장은 학생들에게 교과서를 펴놓고 바른 자세로 조용히 앉아 있으라고 연신 외쳐대고 있었다. 우리들은 허겁지겁 교과서를 펴놓고는 재빨리 두 손을 의자 뒤로 묶었다. 그리고 생물 선생님이 교실문을 드르륵 열고 왕림하셨을 때, 우리 모두의 눈은 일제히 생물선생님에게 꽂혔다.

F고 입학 초부터 생물선생님은 자기가 결코 만만치 않은 상대라는 것을 일찌감치 밝혔고, 반 전체의 기선을 제압하는 데에 있어서 그 어느 선생님보다도 더 성공적이었다. 수업시간에 옆에 사

람과 떠들거나 숙제를 제대로 해오지 않으면 겪게 될 온갖 형벌들은 생각만 해도 끔찍한 것들이었다. 생물선생님은 거대한 덩치를 가진 전형적인 싸움꾼의 체격이었기에, 그런 위협들이 단지 헛소리일 뿐이라고 생각하는 학생은 거의 없었다.

선생님은 꽁꽁 얼어붙어 있는 우리들의 그 고요함이 매우 만족스러웠는지 저번 시간에 이어 '생물의 본질'에 대한 설명으로 바로 들어가셨다. 나는 가슴을 앞으로 내밀고 선생님의 얼굴을 쳐다보면서 입을 꽉 다물었다. 그러나 마음만은 좀처럼 선생님께로 집중이 잘 되지 않았다. 칠판에 쓰여지는 생물의 본질에 대한 정의나 원시적인 생명에 대한 내용들은 선생님에 대한 두려움에 가려 뒷전으로 밀려나 있었다.

내 머릿속에는 집에서 편하게 쉬면서 만화책을 보는 것, 미국에서 친구들과 수영장에서 다이빙을 하면서 놀던 기억들, 이 차가운 교실이 아닌 저 밖에 내가 나가 있었더라면 지금쯤 무엇을 하고 있었을까 하는 상상과 상념들로 가득 채워져 있었다. 그러면서 나는 따뜻하고 재미있었던 어린 시절의 부드럽고 유치했던 그 포근한 기억들 속을 또다시 파고들었다. 그 때였다.

"야이 18놈들아! 여기 안 봐, 이런 개새끼들을 봤나. 얌마! 너 죽고 싶어?!"

생물선생님의 포효에 반 아이들 모두가 움찔거렸다. 교사의 입에서 그토록 강력한 욕이 터져 나올 줄은 미처 아무도 예상하지 못하고 있었다. 선생님의 가느다란 칼날 같은 눈빛과 마주칠 때마다 나의 등에서는 식은땀이 한줄기씩 흘러내렸다.

지옥의 행진

F고등학교에 다니기 시작한 지 2주일이 조금 넘어가고 있을 무렵, 이번에는 입학 당시에 본 시험 점수에 따른 자율학습 반편성 결과가 나왔다. 그것은 저녁식사 후 야간자율학습 시간을 위해서 F고가 특별히 마련한 학습정책이었는데, 공부 능력이 조금 '떨어진다'는 아이들은 밤늦게까지 다른 비슷한 능력의 학우들과 함께 원래의 교실에서 자리를 지키며 자습을 하는 것이고, 나머지 그래도 '좀 한다'는 학생들은 별도로 1반과 2반 교실에서 국어, 수학의 특별 보충수업을 받게 된다는 것이 그 내용의 골자였다.

아침 7시 20분까지 등교해서 자리에 앉는 순간부터가 자습시간이었고, 정확히 아침 8시가 되면 영어단어 암기시험이 5분 동안 시행되었다. 8시 10분부터 한 시간의 아침 보충수업이 진행되었고, 그리고 9시부터 정규수업이 시작됐다. 1시부터 한 시간 동안이 점심시간이었고, 2시부터 시작되는 오후 정규수업이 끝나면 청소, 그 뒤로 계속해서 2개의 보충수업이 이어졌다. 그러면 저녁 먹을 시간. 식사가 끝나면 밤늦게 까지 계속되는 자율학습이 또 이어졌다. 귀가 시간 오후 8시 40분.

그것이 1995년 3월, F고에서 생활하는 400여 명의 1학년 학생들의 하루였다.

'어쩌다가 내가 이런 구석에 처박힌 똥통학교에 배정이 되어가지구, 쌍. 게다가 이 자장면은 뭐야? 누가 설사한 것에다 지렁이를 삶아놓은 것 같잖아…….'

나는 어둡고 침침한 지하 매점에서 꾸부정한 자세로 젓가락을 이리저리 휘젓고 있었다. 짜증과 주변상황들의 어쩔 수 없음으로 인한 좌절감 때문에 속이 미쳐 터져 버릴 것만 같았다. 새벽같이 일어나서 점심, 저녁 싸주시는 어머니의 모습이 보기 안타까워서 오늘부터는 매점음식을 사서 먹기로 했던 거였는데, 모처럼 사먹은 자장면이 너무나 맛이 없었다. 그 날은 모든 것이 갈색으로 보였다.

'참아야지 젠장……. 이런다고 바뀔 것은 아무것도 없는데, 아무것도 바뀌지 않아…….'

나는 한숨을 쉬며 그릇과 수저를 식기 통에 담가놓았다. 그리고는 옆의 자판기에서 델몬트 오렌지 주스를 하나 뽑아들었다. 매점에는 라면을 먹는 학생들, 음식을 배급받는 학생들로 발 디딜 틈 없이 바글바글했다. 나는 음료수를 들고 계단을 올라가 운동장으로 나갔다. 자율학습이 시작되려면 아직 30분 정도는 더 있어야 했다. 저녁식사 시간은 운동량이 부족하고, 친구들과 이야기할 기회도 별로 없는 우리들에게는 그나마 삭막한 교정에서 맞는 단비와 같은 황금시간이었다. 아이들은 운동장에서 축구와 배구를 했고, 주변의 벤치들에 모여 앉아 떠들었다.

'아, 이대로 시간이 멈춰 버렸으면 얼마나 좋을까. 내 이놈의 학교를…….'

나는 주스를 쪽쪽 빨아 마시며 이글거리는 태양의 금빛가루를 쬐었다. 그러나 그 환희의 시간은 너무나도 짧았다. 얼마 후에 종이 울리자 학생들은 양떼들처럼 우르르 건물 안으로 꾸역꾸역 모여 들어갔고, 나도 그들 사이에 끼여 교실로 향했다.

자율학습과 특별 보충수업은 모두 8시 40분에 끝이 났다. 대부분의 선생님들은 이미 몇 시간 전에 퇴근을 했다. 나는 친구들과 함께 버스에 올라타고 집으로, 아니 잠과 하루 한 끼 식사만을 해결하는 하숙집으로 향했다. 그 하숙집 아줌마를 나는 엄마라고 불렀다. 얼마 전까지만 해도 20분이었던 귀가시간이 M동으로 이사를 간 뒤로는 4,50분으로 늘어났다. 그나마 아침에는 그 하숙집 아줌마가 학교까지 나를 실어다 주시는 것이 다행이었다.

'아, 수학 숙제해야 되는데, 한문 숙제해야 되는데……. 국어도 내일 진도 나갈 거 예습해야 하는데……'

집에 돌아와서 시계를 보니 9시 50분. 거실의 텔레비전에서는 스포츠 뉴스가 흘러나오고 있었다. 하지만 내 귀에는 아무것도 들리지가 않았다. 나는 무거운 책가방과 신발주머니를 거실에 내동댕이치며 신발도 벗지 않은 채 풀썩 현관바닥에 몸을 내맡겼다.

"어……엄마. 나 학교 다녀왔어요……."

숙제도, 1주일 뒤에 있을 중간고사도 생각하고 싶지 않았다. 그저 이 자리에서 이대로 원없이 한번 깊은 잠에 빠져보고 싶었다. 이대로 그냥 죽어버려도 여한이 없을 것 같았다. 하지만 나는 있는 힘을 모조리 끌어 모아서 몸을 일으켰다.

- 한문—4단원 2번씩 써오고 고사성어 외워오기
- 국어—모르는 단어 조사해 오고 본문 요약해 오기
- 영어—4과 해석 준비해오기
- 과학—표 3-1 그려오기

12시 20분. 나는 숙제들을 다 끝내고 나서 약간의 공부를 더 했다. 내일 국어 시간에 수업할 내용들을 대강 훑어보며 교과서에다 표시를 해놓았고, 수학 연습문제를 정리했고, 일본어 시간에 선생님께서 시킨다는 내용을 대강 암기했다. 눈이 아파왔고, 허리가 쑤셨다. 나는 바닥에 쓰러져 그대로 잠이 들었다.

보통 사람들 : 기만

새벽에 일어나고 새벽에 잠이 드는 고교생활에 어느 정도 적응이 된 듯했지만, 날이 갈수록 나의 몸은 쇠약해져만 갔고, 머리는 복잡해져만 갔다.

그동안의 특별 보충수업 시간에 남들은 계속 진도를 꾸준히 나갔지만 나는 제자리 걸음을 하고 있었다. 나는 모르는 것도 아는 척 하면서 한 시간 동안 계속 속만 태우면서 맨 뒷자리에 앉아 있곤 했다. 그러기를 벌써 3개월. 이미 내 실력은 남들보다 월등히 뒤쳐져 있었다.

처음에는 특별 보충수업반의 명단에 가까스로 올라 그 안전지대의 울타리 속으로 들어가게 된 것을 내심 기뻐했지만, 나중에는 차라리 맘 편하게 공부를 못한다는 축에 끼여 부담없이 나의 진도에 맞는 공부를 스스로 해나갈 수 있었으면 하고 바랐다. 어정쩡한 외딴 섬에 홀로 남아 나는 점점 더 깊어 가는 고민 속으로 빠져들어 갔다. 하다 못해 나는 담임선생님께 특보(특별 보충수업) 시간에 제발 좀 나를 빼달라고 말씀도 드려 보았고, 수학 특보를 하시는 수학선생님에게도 부탁을 해봤지만, 아무런 소용이 없었다.

어느 날 특보가 중간고사 때문에 며칠 쉬게 되었을 때, 모처럼 자율학습을 해볼 기회가 있었다. 그래서 나는 우선 한문책을 펴놓고 공부를 하기 시작했다. 한참 노트에 글자들을 열심히 그려 나가고 있을 때, 뒤에서 뭐가 딱하고 나를 내리쳤다.

"얌마! 수학이나 국어를 해야지 임마, 니가 수학을 그렇게 잘해 이놈아?"

한국지리선생님이셨다. 나는 단지 한문 공부를 하고 있었기 때문에, 자율학습 시간에 한문 같은 3류 과목을 하는 치명적 오류를 범하고 있었기 때문에 얻어맞은 것이었다. 순간적으로 확하고 치밀어 오르는 분노를 삭이며, 나는 아무 말 없이 일반수학의 정석을 얌전히 꺼내놓고 볼펜을 들었다. 그리고 눈에 들어오지도 않는 어떤 공식에다가 밑줄을 쳐나가기 시작했다. 선생님은 한동안 나를 가만히 지켜보셨다. 그리고는 반을 주욱 한 바퀴 돌아보시고는 교실문을 나가셨다.

'자율학습 시간에 말 그대로 자율적으로 한문을 공부하고 앉았는데 쌍……. 니가 지금 나를 때렸어? 오후우, 개새끼……."

나 역시 잔인하고 더러웠다. 나는 이를 꽉 깨물고 책가방 속에서 노트를 하나 꺼내들었다. 그리고는 그 속에 나의 정신적인 붉은 배설물들을 거침없이 토해냈다.

나는 중학교 때 학교를 학생수용소라고 불렀다. 선생님들의 폭력, 욕설과 무수한 시험들……. 그에 비하면 고등학교는 말 그대로 고등 학생수용소다. 오히려 중학교 시절이 그립다.

첫날부터 F고등학교의 선생님들은 우리들에게 겁을 주면서 협박을 했다. 선생님들은 학생들이 조그마한 잘못을 해도 인정사정 볼 것 없이 우리들을 때렸다. 그 때리는 정도가 너무 심해서 오히려 중학교 때의 선생님들이 존경스럽고, 따뜻하게 느껴질 정도다. 미술선생님하고 수학선생님이 보고 싶다.

우리들의 생활은 벌레만도 못하다. 아침 7시까지 등교를 해야 하고, 밤 9시에 자율학습이 끝나 10시에 집에 돌아온다. 숙제에 허덕이다가 1시가 넘어서야 잠을 잘 수 있고, 새벽 5시에 일어나서 다시 학생수용소로 들어가야 한다. 3학년은 11시쯤에 끝난다고 하는데 그들은 일요일에도 나온다고 한다.

최수들은 잠이 부족해 수업시간에 졸고, 몸은 말라서 빈혈과 영양실조에 시달린다. 점심시간에는 학교 매점에서 주는 식량을 배급받아 먹고, 저녁은 라면이나 빵으로 때운다.

저녁식사가 끝나면 9시까지 자율학습 강행군이 이어진다. 말이 자율학습이지, 선생님들은 매일 돌아가면서 보초를 서는데 학생들은 자기가 원하는 과목을 공부할 수도 없다. 국·영·수 중에서 한 과목을 공부해야 하고, 숙제를 하려고 하면 집에서 해야 한다면서 꾸중을 듣는다. 방금 나를 때리고 간 지리새끼……. 죽여 버리고 싶다.

자율학습중에 누군가가 떠들어서 걸리면 반 전체가 책상 위로 올라가 기다란 각목으로 허벅지를 맞는다. 간수들의 삼엄한 경비 속에서 우

112

리들은 어두운 형광등 불빛아래 점점 녹슬어 가는 감정이 지워져 가는 로봇들이 되어간다.

밖은 이미 캄캄해져 있고, 창문 사이로 들어오는 쌀쌀한 바람이 책장을 넘긴다. 밖에서 우는 귀뚜라미들조차 우리들 보다는 잠을 많이 자고, 먹을 것도 제대로 챙겨 먹겠지……

나는 번호로 호명되는 F학생수용소의 죄수이다. 내 번호는 1717. 1층 7호실 17번이다.

붉은 5월

그 날 집에 돌아오자마자 나는 한계선을 넘어버린 짜증을 부모님 앞에서 폭발시켰다.

"나……. 정말 이대로는 학교 못 다녀. 잠 한번 편히 자봤으면 좋겠어 쌍! 잠 말이야! 이게 사람 사는 거 맞냐구 씨발……. 차라리 때려치우고 말어!"

씩씩거리면서 나는 책가방과 실내화가방을 거실로 내던졌다.

"어이, 요놈 봐라? 엄마 아빠 앞에서 욕을 아주? 야, 남들도 다 하는데 네가 왜 못해? 너만 고생하냐? 3년 동안 조금 고생하는 거……"

"뭐? 3년 동안 조금 고생? 조금…. 고생!? 참 나……"

조금이라는 아버지의 말이 그토록 잔인하게 들릴 수가 없었다.

"야, 생각해 봐라. 고등학교 안 나온 사람이 어디 있어, 요즘 세상에?"

"그깟 드러운 씨발 F고……. 차라리 이렇게 다니면서 병신되고 돌아 버리느니, 집에서 잠이나 자고 만화책이나 읽으면서 운동하는 게 나아. 안 다니고 말어 씨발 X 같은 F고……."

"쓰읍, 이 놈 봐라? 이게 어디 아빠 앞에서! 야, 네 형은, 지훈이 형은 고등학교 아무 탈 없이 잘 다녔잖아!"

"형하고 나랑 같어?! B고등학교에는 야간 자율학습도 없고, 게다가 이 집에서 걸어 다닐 수 있는 거리잖아! 밤 10시야, 밤 10시! 내가 하루 종일 할 수 있는 게 뭐가 있어? 뭐? 3년만? 이담에 사회에 나가면? 지랄하네 미친새끼들."

내 마음은 점점 더 가벼워지고 있었다. 욕하는 맛이 달콤했다. 그리고 나는 내친김에 아버지까지도 공격했다.

"아빠 봐서 하기도 싫은 공부 억지로 하는 거라구! 이 쌍!"

"이놈 시키!"

나는 방문을 걸어 잠그고는 옷장을 발로 걷어찼다. 나무가 '쩌저적' 하는 소리를 내면서 부서졌다. 아버지는 밖에서 "문열어!" 하고 외치시면서 문을 쾅쾅 두드리고 계셨다.

교복도 벗지 않은 채 나는 스르르 웅크리고 앉아 꼼짝도 하지 않았다. 이 몸을 내 마음대로 자유롭게 조종하면서 살 수 없다는 그 박탈된 자유가 허공에서 콜록거리고 있었고, 위축된 나의 삶이 더 나를 비참하게 몰고 갔다. 나는 두 무릎 사이에 얼굴을 파묻었다.

아파트에서 뛰어내려 죽는 아이들. 팔을 주욱 뻗어 마약을 자신에게 주사하는 사람들. 이제는 그들을 이해할 것만 같았다. 지치고 무거운 몸을 이끌며 맨정신에 폐인이 되어 가느니, 차라리 나의 뇌를 아파트 주차장에 쏟아 붓거나, 몽롱한 상태에서 침을 흘리면서 곯아떨어지는 것이 더 나았다.

포세이돈의 숨결

이튿날 아침에 차에서 내릴 때 나는 책가방을 밖으로 던져 버렸다. 지나가던 학생들은 차 안에서 툭 튀어나와 데굴데굴 굴러가는 가방을 흘겨봤다.

"학교 다니기 싫어 씨발……."

욕을 해봤자 아무 소용이 없다는 것을, 아무것도 바뀌지 않으리라는 것을 나는 잘 알고 있었다. 어머니는 아무 말도 없이 차를 몰고 떠나셨다. 나는 그 자리에 그대로 풀썩 주저앉고 싶었다.

"에……. 여러분들 말입니다. 우리 학교가 자랑스러워하는 것 한 가지……. 바로 인성 교육 아닙니까? 탈선하는 아이들이 없어요, 우리 F고에서는. 여러분들 선배들만 해도 상업계에서 인문계로 바뀌었을 때 들어온 머리 나쁜 놈들, 우리가 다 대학 보냈습니다. 여러분 선배들, 우리가 다 인간 만들어서 내보냈습니다. 다른 학교에서는 보충수업 없고, 자율학습도 없고 뭐 그럴 수도 있겠죠. 하지만 우리 F고에 들어온 여러분들, 정말 행운아들입니다. 높이 나는 새가 멀리 본다. 자, 따라해 봐요. 높이 나는 새가 멀리 본다."

"높이 나는 새가 멀리 본다……."

한문선생님은 기운이 없는 우리들에게 나름대로 용기를 불어넣어 주려고 애를 쓰고 계셨다.

"우리 고등학교에서의 생활이 조금 힘들지는 몰라요. 하지만 지금 조금 고생해서 남들보다 좋은 대학가서 부모님 기쁘게 해드리는 게 효도하는 것 아닙니까? 여러분들 잘 되라고 매일 아침 도시락 싸주고 뒷바라지 해주느라 얼마나 고생들이 많으십니까? 이 담에 사회에 나가서, 그 때 가서 마음껏 놀고 여행 다니고 그래도 늦지 않습니다. 3년 동안 따악 죽었다고 생각하고 부지런히, 오늘부터 새로운 각오로 공부에 임했으면 좋겠습니다. 3년은 금방 지나갑니다. 여러분들은 내일 모레 3학년! 자아, 허리들 한번 쭈룩 펴주고!"

그 날 밤 내가 집에 돌아왔을 때 어머니는 현관에서 비틀거리며 쓰러지는 나를 부둥켜안으셨다.

"명훈아, 좋은 소식이다. 기분 좋은 소식 있어⋯⋯. 오늘 검정고시학원에 가서 알아봤는데, 너 검정고시 보는 거 어떻게 생각하니?"

"엄마!"

나는 머리가 천장에 닿도록 펄쩍 펄쩍 뛰어다니며 환호성을 질러대기 시작했다.

"하이고, 드럽게도 좋아하네 고 새끼."

민망한 듯 어머니는 입가를 닦으시며 미소를 지으셨다.

"그거, 검정고시 하면⋯⋯. 학교 안 다녀도 되는 거지? 맞지?"

"고등학교 다니는 대신 집에서 공부하면서⋯⋯. 어렵게 아빠도 겨우 설득시켰어. 네가 오늘 아침에 욕하면서 차에서 내리는 걸 본 다음에⋯⋯. 집으로 돌아오면서 엄마는 울었어. 우리 명훈이가 어쩌다가 저렇게 됐나 하고⋯⋯."

어머니는 그 짧은 몇 마디 사이에 촉촉하게 젖은 눈가로 손등을 가져가셨다.

낙루

야간 자율학습 시간에 담임선생님이 교실 밖으로 나를 부르셨다. 복도의 신발장 옆에는 2개의 의자와 책상 하나가 놓여 있었다. 밖은 캄캄했고, 형광등이 켜진 8개 반에서 흘러나오는 불빛만이 그 기다란 복도를 비추고 있었다.

"명훈이 너……. 며칠 전에 너의 어머니와 이야기를 했었다. 네가 학교생활을 무척이나 힘들어 한다고……. 집에서 공부하면서 검정고시 보게 했으면 좋겠다고 하시더구나."

"네……."

"나는 말이다, 솔직히 말해서 그건 정말 안 좋은 선택이라고 보는데……. 고등학교는……. 고등학교는 나와야지 우리나라에서는 사회에 나가서 사람 취급을 받을 수가 있어."

나는 의자에서 엉덩이를 움직이며 이를 꽉 깨물었다.

"너, 그 검정고시 봐 가지고 어떻게 해나가려고 그래 앞으로? 혼자 집에서 공부하면서 어떻게 할 거야? 너……. 미국에서 살다 온거, 선생님도 알아. 미국에서는 고등학교 안 나와도 괜찮을지도 몰라. 하지만 한국에서는 고등학교 안 나오면……. 정말 힘들어. 왜 자퇴하려고 하는지, 그 이유 좀 말해 봐. 괜찮아, 솔직히 말해 봐."

"딴 게 아니고요 선생님. 그냥, 모든 게……. 너무 힘들어요. 하루 하루가 너무 힘들고, 몸이……. 잠이라도 제대로 좀 자보고 싶은데, 매일 집에 돌아가면 밤 10시……. 숙제하고 다음날 과목들 조금 보고 그러다 보면 1시, 2시……. 3학년이 되면 그나마 있던 주말도 없어지잖아요."

"내가 볼 때 명훈이는 말이지……. 한국 사회에 아직 다 적응을 못했어. 자퇴를 하면, 우리나라 사람들은 그런 사람을 어떻게 취급하는 줄 알아? 인생의 낙오자처럼 취급을 해……. 뭐, 남들은 다 참고 견디는데, 너라고 해서 못할 이유가 뭐가 있니? 선생님은 솔직히……. 네가 학교를 계속 다녔으면 좋겠다는 생각을 한다."

"선생님 저는……. 저는 지금까지는 적응을 잘해 왔다고 생각해요. 하지만 이제는……. 이런 생활은 더 이상……."

선생님은 손으로 끼고 계시던 한쪽 다리를 바닥에 내려놓으시며 턱으로 교실 쪽을 가리키셨다.

"야, 근데 네 친구들 좀 봐라. 쟤네들은 다 참고 아무 불평 없이 잘해내고 있잖아. 쟤네들이라고 해서 뭐 피곤하고 힘든 거 없냐?"

"전 쟤네들이 아니에요 선생님. 이제는 수영도 배우고 싶고, 컴퓨터도 하고 싶고, 소설책 같은 것도 마음대로 읽어보고 싶고, 부모님하고 집에서……. 행복하게 한번 살아보고 싶어요. 그냥 다시 한번……."

선생님은 어떻게든 나를 설득해 보려고 하셨지만, 현실과 동떨어져 떠내려가는 나의 꿈들을 애써 돌이켜 볼 필요를 더 이상은 못 느끼셨는지, 한동안 아무 말씀이 없으셨다.

나는 바닥을 내려보다가 캄캄한 밖을, 건너편의 불이 켜진 F여고 교실들을 바라보았다. 그 순간, 지금까지 한국에 와서 손으로 넘겼던 수많은 교과서들과 노트들, 밤늦게까지 풀어보던 기다란 모의고사 문제집들이 팔락거리면서 내 가슴을 스쳐갔다. 그러면서 나는 이렇게 시무룩하게 어두운 복도에 앉아 인생의 갈림길에서 몸부림을 치고 있는, 미국에 있었더라면 지금쯤 너무나 행복하게 살고 있었을 텐데 하는 아쉬움을 느끼는 나 자신을 바라보았다. 그 모든 것들이 하나로 뭉쳐져 커다란 먹구름이 되어 내 가슴속에 쏟아지기 시작했을 때, 나의 두 눈에서도 그 성분이 흘러내렸다.

"우리들에게는 자유시간이 헥! 너무 없어요 헥! 헥! 그래 가지고 무슨 개혁이 헥! 무슨 개혁이 돼요!"

나는 갑자기 격하게 흐느끼며 들썩거리기 시작했다.

"명훈아……. 힘들다는 거……. 선생님도 알아. 하지만 어쩔 수 없어. 나도 일찍 집에 가서 가족들과 함께 시간 보내고 너희들도 일찍 집에 가서 쉬게 하고 놀게 했으면……. 그랬으면 나도 좋겠어. 하지만 교장선생님 결정에 우리는 모두 따라야 해……. 지금은 어쩔 수가 없어. 기다리면 언젠가는, 때가 되면 교육 개혁이 언젠가는 될 거야."

"아니에요 지금……. 지금! 할 수 있단 말이에요. 모두들……. 헥! 조금만 노력하고 선생님들도 바뀌면……. 헥! 교육개혁을 우리가……. 선생님들은, 모두 개혁을 너무 크게 생각해서……. 헥! 그래요. 작은 것부터……. 아주 작은 것부터 노력을 해나가면……. 헥!"

내가 너무나도 갑작스럽게 흐느끼며 감정에 복받쳐 이야기를 하는 바람에 선생님은 잠자코 듣기만 하셨다. 선생님은 윗도리의 주머니에서 손수건을 하나 꺼내시고는 그것을 나에게 건네주셨다.

"명훈아…… 됐다. 오늘은 그만 집에 가보도록 해. 내일까지만 학교에 나오도록 하고……. 선생님이 쪽지 하나 써줄 테니까, 이거 감독 선생님께 보여드리고. 손수건은 이리 주고……."

나는 교실로 들어가 벌겋게 부은 얼굴로 책가방을 꾸렸다. 친구들은 수군거리면서 나를 쳐다보았다. 어두운 복도에서 애써 눈물흘린 흔적을 옷소매로 감추며, 나는 감독 선생님의 확인을 받고 버스 정류장으로 향했다. 나는 다른 아이들보다 2시간 먼저 그렇게 교실문을 나섰다.

F고가 종점이었기에 출발하는 버스 안에는 운전기사 아저씨와 나 외에는 아무도 없었다. 나는 지나가는 불빛과 차량들을, 사람들의 움직임을, 그리고 유리창에 반사된 나 자신의 지치고 여윈 얼굴을 바라보았다.

참나무 숲 사람들

다음날 아침 조회시간에 담임선생님은 반 아이들 앞에서 내가 자퇴를 한다는 사실을 알리셨다. 그리고 그 날 점심시간에 반 아이들은 모두 2장의 커다란 4절지 종이에 각자의 이름과 하고 싶은 말들을, 몸 건강히 잘 지내라고, 나가서도 우리들을 잊지 말라고, 4개월 동안 같이 지내면서 더 친해지지 못한 것이 아쉬웠다는 말들을 쓰며 나를 위한 작은 환송회를 열어주었다.

수업시간에 옆에서 몰래 과자들을 책상 밑으로 늘 건네주곤 하던 승본이, 체육시간에 옷 갈아입을 때마다 함께 '난닝구 쌍절곤' 싸움을 벌이곤 했던 상훈이, 쉬는 시간마다 같이 매점으로 뛰어가서 이것저것 함께 사먹었던 군것질 친구들, 그리고 밴드 건즈 앤 로지스 *Guns N' Roses*를 무척이나 좋아하던 원성이…… 반 아이들은 박수를 쳐주고 나의 등을 토닥거려 주며 교실 뒤쪽 문으로 나서려는 나를 응원해 주었다.

"자, 새로운 삶을 시작하는 친구 명훈이를 위해서!"

승본이는 여러 친구들과 함께 나를 빙 둘러쌌다. 그들 사이에서 나는 교실 천장에까지 닿을 정도의 헹가래를 수차례 받았다.

"워오! 명훈이! 자자, 한번 더!"

그 때 갑자기 '드드륵 쾅!' 하는 소리와 함께 교실 뒤쪽 문이 열렸다.

"뭐야, 이 새끼들은 또!?"

일본어선생님 '피바다' 였다.

"아뇨……. 반 친구가 오늘 학교를 그만두거든요. 그래서 좀……."

"뭐야? 참 웃기는 새끼들이네 이거……? 야, 거기 책가방 메는 놈, 너야?"

"……예."

아이들은 슬슬 제자리로 돌아갔고 나는 일본어선생님 앞을 얌전히 지나갔다.

"왜……? 가난해서 학교 못 다니겠어? ……미친놈."

피눈물을 흘리고 싶어질 정도로 마음 따뜻하신 일본어선생님

덕분에 나는 축하를 해준 반 친구들에게 마지막으로 고맙다는 인사조차도 하지 못했다. 나는 가방을 다시 고쳐 매면서 터벅터벅 계단을 내려왔다. 그리고는 교무실로 발길을 옮겼다.

"나가서도 공부 열심히 하고. 운동 열심히 해. 그리고 가끔씩 학교에도 좀 놀러 오구. 알았지? 훅!"

체육선생님은 장난스럽게 나에게 펀치를 날리시고는 악수를 청하셨다.

"뭐? 자퇴? 그래……뭐, 가 봐."

나는 나란히 앉아 계셨던 국어선생님과 지리선생님께 동시에 인사를 올렸다. 그리고 나서 나는 담임선생님과 함께 교무실 한가운데에 서 계시던 교장선생님 앞으로 걸어갔다.

"교장선생님, 여기 이 학생이 오늘 그……. 자퇴한다는 학생입니다."

"그래……. 여러 가지 상황으로 봐서……. 어쨌든, 나가서도 공부 열심히 하길 바란다."

교장선생님께서 풍기시는 위압감은 대단한 것이었다.

"하지만, 이거 하나는 알아두었으면 한다. 사람은……. 쉬운 길로만 가려고 해서는 안 돼. 때로는 힘들어도, 공부가 됐든 뭐가 됐든, 참고 견딜 줄도 알아야 해. 학생은 앞으로 편하게 집에서 쉬면서 남들보다 잠도 많이 자고 밥도 잘 먹게 되겠지……. 하지만 인생은……. 인생은 그렇게 살려고만 해서는 안 돼."

찜찜한 기분을 털면서 나는 담임선생님과 함께 교무실 밖으로 나왔다.

… F고등학교 자퇴하던 날. 그날 난 내 가슴 위에 붙어 있던
노란 명찰을 떼어 하늘 높이 던졌다.

"명훈아, 그래. 잘 가고……. 몸 건강히, 잘 지내도록 해라."

"감사합니다 선생님."

"그래, 어서 가봐. 부모님이 밖에서 기다리신다."

아버지 어머니와 함께 나는 마지막으로 F고의 교문을 나섰다.
나는 내 가슴 위에 붙어 있던 노란 명찰을 떼어 그것을 하늘 높이
던졌다.

"우! 후! 내일부터는 하루에 12시간씩 무조건 잠이다. 무조건!"

"잘 됐어 우리 명훈이……. 잘 됐어. 이제부터 우리 다 함께 한
번 잘해 보자고!"

나는 뒷자리에서 방방 뛰면서 머리를 자동차 천장에 대고 쿵쿵
박았다.

"하이고, 저것 좀 봐? 저렇게 좋아해 이놈 새끼! 자퇴 안 시켜줬으면 이놈 자식 정말로 자살했겠네?"

"오늘 자퇴 기념으로 아빠가 피자 사준다. 피자헛! 오케이 국민 여러분?"

"네이……!"

녹색 신호등이 켜지자 행복한 세 사람을 태운 승용차는 막힘 없이 달려갔다.

제 4 장

뉴질랜드 vs 나

수레바퀴

F고등학교를 자퇴한 지 한달 째가 되어가던 1995년 8월, 나는 독일로 귀국하는 이모네 가족들을 따라 독일여행을 했다. 그것은 그동안의 나의 고생과 수고에 대해 어머니가 베풀어주신 특별 선물이었다.

미국 디어필드에서 한국으로 돌아오면서부터 서서히 나의 머릿속에서 퇴색되고 부식되어간 어린 시절의 향수를, 나는 그곳 독일에서 잠시나마 다시 맛보았다. 사촌동생 알렉산드라와 헨리에테의 아기자기하고 알록달록한 학교 교실을 바라보면서, 나는 그 속에서 4학년 때 이후로 중단되어 버린 내 꿈속의 하얀 수업시대를 어루만졌다. 그리고 아른거리는 아쉬움 속에서 고등학교 중퇴라는 나의 학업실패기의 떫떠름한 뒷맛을 느꼈다.

한국으로 돌아온 9월부터 나는 다시 공부를 하기 시작했다. 이듬해 4월에 있을 고졸 검정고시, 그리고 11월에 있을 수능시험에 대한 준비를 하기 위해서였다. 하지만 나는 공부에게 그다지 많은 시간을 내어주지는 못했다. 학교 다니면서 해보고 싶었던, 그러나 해볼 수 없었던 수많은 취미와 활동들이 나를 끌어당겼기 때문이었다.

나는 우선 신문배달을 하기 시작했다. 새벽의 꿈틀거림 속에서 눈을 비비며 피어나오던 그 잠잠한 희열과 보람. 초등학교 6학년 때와 기관지염으로 고생하던 중학교 2학년 시절에도 신문배달을 한 적이 있었다. 그러나 그 때에는 '교수 집안의 아들은 그런 일을 하지 않는다' 하는 일반론을 거스르고 싶은 반항심에 흥미를 느껴서 했었던 것 같다.

새벽 4시에 일어나는 생활은 F고등학교를 다닐 때와 다름이 없었지만, 나는 더없이 즐겁고 행복했다. 신문배달을 통해 번 돈으로 온갖 서적과 잡지 등을 사 보면서 나는 웬만한 학부모와 선생님들이 '시간낭비' 라고 부를 만한 그런 타락을 벗삼았다.

컴퓨터에도 많은 시간과 노력을 투자해 새로운 주변기기와 게임 등을 구입했고, 전자기타와 미디(MIDI)음악의 세계, 그리고 1996년 그 당시에 막 태동하기 시작하던 인터넷과 통신의 세계 속으로도 나는 즐겁게 빠져 들어갔다.

낮에는 근처 스포츠 센터에서 수영을 배우면서, 저녁에는 일반 수학의 정석 TV강의를 녹화해 가면서 나는 '검정고시생' 으로 새롭게 명찰이 붙은 나의 작은 삶을 꾸려나갔다. 일상생활의 모든 것을 내가 스스로 통제하면서 능동적으로 삶을 이끌어나갈 수 있다는, 그 인생의 조종석에 앉은 기분이 그토록 좋을 수가 없었다. 그리고 그 속에서 나는 나의 능력과 취미들을 하나씩 발굴해 내며, 눈에서 벗어나 있던 세상을 느껴보고 만져보느라고 정신이 팔려 있는 갓난아이가 되어갔다.

흑백 친구

그날도 나는 평소와 다름없이 신문배달을 마치고 아침을 먹고 방에 들어와 컴퓨터를 켰다. 어제 커맨드 앤 컨커 *Command & Conquer* 인터넷 사이트에서 만난 어떤 외국인한테 보낸 이메일의 답장이 왔는지를 확인하고 싶어서였다. 발신 오류가 있었다는 편지가 도착해 있었기에 나는 씰룩거리면서 책상 위의 책꽂이에서 두꺼운 컴퓨터 서적을 하나 꺼내 들었다.

그 때, 책꽂이가 흔들리면서 위에 꽂혀 있던 책들 대여섯 권이 떨어졌다. 그 중에는 중학교를 졸업하고 나서 K중학교 교장선생님한테 드린다면서 썼던 서른 장짜리 편지의 초고(礎稿)인 나의 '폭력일지'가 있었다.

한국 교육에 대해 열을 올리면서 써 내려갔던 나의 글들을 스쳐가면서 나는 입가에 엷은 미소를 띠었다. 선생님들에 대한 분노와 학생들의 인간다운 권리를 부르짖으며 격정적인 혈기 속에 글을 써내려가던 그 때의 투혼은 이미 내 속에서 사라진 지 오래였다.

그런데 글을 읽어 내려갈수록 나의 미소는 점점 엷어져 갔다. 과학선생님이 영훈이를 때리는 장면, 그리고 두철이가 아침 보충수업에 지각해서 공업선생님한테 맞는 순간에 휘갈겨 쓴 나의 글씨들의 울부짖음에 이르렀을 때, 나는 두 눈을 감으면서 공책을 덮었다. 그 날 오후 내내 나의 기분은 우중충했다.

그 날 저녁 동권이로부터 전화가 걸려왔다.

"오, 명훈이냐? 요즘 어떻게 지내냐?"

"그냥, 집에서 놀구 공부하고 그러지 뭐……."

"어이씨, 연락 자주하랬더니 왜 한번도 전화 안 했어?"

"헤헤, 노느라고 바빠서 그렇지 뭐……. F고는, 어떻게 여전하냐?"

"어후, 요즘은 9시 30분까지 야간 자율학습하는데 죽을 맛이다 진짜. 완전 노가다여! 물론 난 주로 그 시간에 딴짓을 하면서 지내지만, 흐흐……."

"왠지 친구들한테 미안해 죽겠다야. 나만 이렇게……."

"나, 오늘 자다가 걸려 갖구 한문선생님한테 또 열나게 얻어 터졌잖어. 얼굴이 지금 말이 아녀! 예전에 현욱이랑 싸웠다고 선생님한테 맞아서 내 턱 돌아 갔었잖어. 기억나지?"

"응."

"그때보다 더 심하게 맞았어. 지금 얼굴이 팅팅 부었지만……, 근데 어쩌겠냐 내가."

"이래 저래 수난이 많구나 넌……."

전화를 끊고 방에 들어와서 나는 아침에 펼쳐들었던 그 '폭력일지'를 다시 꺼내들었다. 그 때 나는 결심했다. 기필코 책을 써내 선생님들의 만행과 폭력을 한국 사회에 고발하겠다고……. 나는 학생들의 상처와 고통들을 조금이나마 이 땅의 선생님들로부터 보상받겠다는 복수심에 불타는 칼을 그 순간 다시 빼들었다. 어쩌면 그것은 내가 F고등학교로부터 자퇴를 하면서 갖게 된 공부에 대한 막연한 불안감과 열등감 속에서 빚어진, 그 어떤 상실감의 분출인지도 몰랐다.

공부가 다 뭐고, 학교는 무엇 때문에 있는 것인지. 나는 무엇 때문에 학교를 자퇴한 것인지. 나는 지금 어디를 향하고자 수능 공부를 하고 있는 것인지…….

책을 쓸 각오로 글을 써나가면서 나는 점점 더 삐딱하게 보이는 사회 속에서 불거져 나온 깊은 분노와 반항 속으로 빠져 들어갔다. 붉은 기류 안에서 그렇게 컴퓨터에 나의 과거와 미완의 학창 시절들의 조각들을 꼬깃꼬깃 쑤셔 넣어가고 있을 무렵, 어느 날 또 한 명의 F고등학교 친구가 전화벨을 울렸다.

"명훈아……. 나야 홍상이."

"우와, 반갑다 야! 어떻게 지내냐!"

"그냥, 여전히 똑같지 뭐. 넌 어떻게……."

"응, 잘 지내고 있어. 근데 왜, 무슨 일 있냐?"

"명훈아……."

이상하리만치 분위기가 죽어 있었다. 홍상이는 결코 그런 분위기를 끌고 갈 친구가 아니었다.

"……."

"명훈아 오늘 좀 전에……. 승현이가 죽었어. 오토바이 사고로 죽었어……."

홍상이는 말장난을 잘 치는 아이였다.

"야, 거짓말 하지마. 에이그 짜식, 농담을 해도 어떻게 그런 걸 하냐? 괜히 놀리지 말구! 빨리 얘기해 봐, 왜 전화했어? 학교 체육대회 언제 하냐? 놀러갈게."

"명훈아, 진짜야……. 승현이가……. 여기 지금 C대학교 병원인데, 너한테 알려주려고 전화했어. 와서 얘기하자. 영안실에서 기다리고 있을게……."

마치 다른 차원의 짙은 안개 속을 뚫고 가는 붕 뜬 기분으로 나는 급하게 택시를 잡아타고 C대학교 병원을 찾아갔다. 그 곳에서 나는 학교 다닐 적에 같은 반이었던 친구들을 만났다. 하지만 우리는 웃을 수가 없었다. 서로 반가운 인사를 나눌 수가 없었다.

나는 저 건너편의 영안실에서 흘러나오는 통곡소리들과 내가 처음으로 대면하는 죽음의 기운 앞에서 점점 사태의 현실에 또렷해지는 마음을 가다듬으면서 홍상이를 붙잡았다.

"어떻게……? 승현이가 어떻게 됐어?"

"친구들하고 오토바이를 타다가……. 다른 반 아이들 두 명하고 같이 탔는데……. 다른 반 아이 한 명도 그 자리에서 튕겨져 나가고……. 또 한 명은 혼수상태라고 하구……."

홍상이는 더 말을 이어나가려다가 불빛이 새어나오는 방들로 얼굴을 돌리더니 나의 어깨를 감싸 안았다.

"승현이가……."

"승현이 어머님께 인사드려 명훈아……."

나는 신발을 벗고, 눈물이 말라 이젠 넋이 나간 승현이의 어머니 앞에서 고개를 숙였다. 아주머니는 와줘서 고맙다는 말을 겨우겨우 힘들게 꺼내시자마자 곧바로 고개를 또 떨구셨다.

"우리 승현이……!"

학교 다닐 적에 누구보다도 더 가깝게 지냈던 승현이였는데……. 매주 일요일마다 승현이네 집에 놀러가서 컴퓨터 게임 둠 *DOOM*을 하고 놀면서 승현이로부터 PC통신을 배우곤 하던 나였는데…….

승현이는 두 개의 검은 띠를 두른 채 흑백의 초상화 속에서 나를 마주보고 있었다. 이 세상에서 나는 두 번 다시 승현이를 만날 수가 없다.

조각구름

가까웠던 친구의 죽음의 후유증 속에서 나는 '승현이가 과연 얼마만큼의 행복을 느끼다가 간 걸까?' 하고 끊임없이 되물으며, 그 속에서 승현이가 살았던 그리고 내가 살아가고 있는 이 땅의 모습을 그려 보았다. 여전히 변함 없이 움직이는 그 톱니바퀴에 끼여서 갈수록 더 '정상적인' 내 또래 친구들로부터 점점 분리되고 멀어져만 가는, 고립되어 가는 나 자신의 일그러진 상이 그 속에 있었다.

'교육부에서는 오는 3월부터 일선 초·중·고등학교들에 적용되는 교실환경 개선을 위한……'

'오늘 오후 4시쯤 서울 ○○동에서 한 여중생이 아파트 옥상에서 뛰어내려 숨지는 사건이 발생했습니다. 어머니 이모씨는 전 날 자신의 딸의 성적표를 보고……'

'갈수록 중·고등학교에서 일어나는 교내폭력이 증가하고 있습니다. 이제는 초등……'

두꺼운 수학 교재에 빽빽하게 줄지어 선 빨갛고 검은 글씨들을 공허한 눈으로 바라보면서 나는 거실에서 어렴풋이 흘러나오는 찜찜한 소식들에 입술을 잘근 깨물었다. 11월에 있을 수능시험을 목표로 공부를 하면서 내 또래 친구들보다 1년 먼저 앞서서 대학에 들어가고자 하던 나였지만, 그 의지에 그런 소식들은 아무런 도움이 되질 않았다.

무너져 내린 성수대교와 가라앉은 삼풍백화점의 참담한 잔해의 TV현장들을 머릿속에 떠올리면서 나는 거기에다가 내가 가지고 있던 한국에 대한 모든 부정적인 조각들과 깨어진 희망들을 갖다 붙이며 한국을 비웃었다. 나는 깨끗하다고, 나의 피는 더럽지 않다고……. 그리고 그 사건들과는 아무런 관련이 없다는 그 옹졸한 결백함으로 나는 나 자신을 씻어냈다. 그러면서도 그 속에서 나는, 그래도 내가 수능 공부를 해야만 하는 당위성을 어떻게든 찾아내려고 애를 썼다.

"하필이면 이런 후진 나라에 태어나가지고 이 지랄이여!"

나는 벌컥 방에서 뛰쳐나와 부엌의 냉장고에서 음료수를 하나 꺼내 들었다.

"그래도 아프리카나 어디 못사는 나라에 태어나지 않은 걸 감사해야지. 자꾸 그렇게 생각하면 너만 불행해지는 거다, 에이 그……."

거실에서 뉴스를 보고 계시던 어머니의 차분한 음성이 들려왔다.

'수백 번도 더 들었던 어머니의 저 말. 그래, 그렇게 생각만 하고 산다면야. 모든 것을 그렇게 소극적인 이치로 따져서 뾰족하게 튀어나온 부분을 스스로 깎아 버리고 아래만 쳐다보고 산다면야 누군들 행복하지 않을까. 내 인생은 저절로 술술 풀리겠지. 수능시험 걱정은 끝이겠지. 한국은 정말로 살기 좋은 나라가 되겠지!

"여기가 아프리카예요? 엄마도 한번 국어, 영어, 수학, 과학, 국사, 세계사, 지리 공부해 보실래요! 썅, 뭐하나 제대로 돌아가는 게 없는 이런 병신 같은 나라에 태어난 내가 잘못이지……"

가만히 그 접전을 지켜보고 계시던 아버지가 신문을 요란하게 덮으셨다.

"이놈 새끼, 엄마한테 말투가 그게 뭐냐? 그럼, 널 낳아준 우리들도 바보 병신이냐?"

"……"

"시험 좀 못 보면 어떠냐? 꼭 좋은 대학 가지 않아도 되니까, 괜히 부담 갖지 말구 천천히 쉬어가면서 공부해. 남들보다 1년 먼저 대학 가서 뭐하려고 그래? 그냥 놀고 운동하면서 즐겁게 지내려고 학교 나온 거 아냐? 너 그럴려고 F고 자퇴한 거잖아? 쫓길 게 뭐가 있다구 저놈 자식, 복에 겨워 갖구…… 라면이나 끓여먹어 이놈아."

"짜증나잖아! 다 그게 그거지 씨발…… 이런 드럽구 썩어가는 나라에서 대학 가봤자 뭐 할려구 씨……"

"너 명훈이, 말 조심해라. 아빠가 경고한다……"

"야, 엄마가 말했잖아. 병든 사회에 순응하는 것이 병든 반응이라구. 네가 잘하고 있는 거야, 네가. 잘하고 있는 거라구."

"여보, 명훈이를…… 아무래도 어딜 좀 보내야 할 것 같지? 학원이나 뭐…… 친구들이 없어서 저러는 것 같아."

아버지가 어머니한테 속삭이시는 그 소리를 엿들으면서 나는 더욱 화가 치밀었다.

"나 이번에 책 쓰고 나서 독일이든 미국이든, 어디 딴 데 가서

살 거라구!'

　갈수록 추하고 더럽게만 느껴지는 한국 속에서, 그리고 그런 땅에서 이렇게 딱딱거리는 한국어를 구사해 가며 엄마 아빠랑 싸우는 나 자신을 생각해 보면서, 나는 나 자신의 초라함에 고개를 숙였다.

　'미국 일리노이 주 9천 명의 아이들 중에서 1등으로 뽑히며 한때는 멋진 화가의 꿈을 꾸었던 나였는데. 미국에서 바이올린을 연주하고 피아노를 배워가면서 온갖 귀족스런 기풍들 속에서 자라나던 나였는데. 장래가 촉망되던 베녹번 스쿨의 학생이었는데……'

　나는 끊임없이 여기가 아닌 그 어떤 다른 곳에 있는 나 자신을, 이 꽉 막힌 답답한 방구석에서 벗어나 다른 드넓은 세계에서 활보하는 나 자신을 꿈꾸었다. 공부를 하지 않고 '놀고' 있으면 왠지 짙은 죄책감이 불안함과 함께 스르르 밀려들어와 가슴을 꽉 옥죄이는, 이 숨막히는 한국 땅만 아니라면 어디든지 괜찮았다.

　'짜식, 네까짓 게 뭐 날뛴다고 되는 줄 아냐? 여기나 봐 임마, 어서 공부나 해. 니가 무슨 세상을 바꿀 거냐, 한국을 바꿀 거냐? 너이 문제 풀 줄이나 알어? 답만 베끼지 말고 어디 한번 제대로 풀어나 봐 임마.'

　방에 들어와서도 심란하고 불안한 기분은 좀처럼 없어지지 않았다. 두꺼운 수학 교재마저도 나를 우습게 보고 있었다. 하지만 나는 그 비웃음을 목졸라가면서 글쓰기에 전념했고, 마침내 그 해 11월 20일, 나는 나의 소원을 이루었다.

비롱

사랑하는 명훈이에게!

내일이면 명훈이가 뉴질랜드로 떠나는 날이구나. 이제는 늠름한 청년이 되어 떠나니까 엄만 대견하기만 하다. 일년 전만 해도 사랑하는 아들을 떠나 보낼 마음은 품을 수가 없었단다. 왜냐하면 명훈이를 지켜보는 즐거움과 더 많은 사랑을 해주지 못한 아쉬움 때문이었지. 그러나 어느 날 문득, 엄마가 너를 사랑하고 돌봐준다는 명목으로 너를 붙잡고 있는 것이 더 이상 필요치 않다고 생각되었어. 네가 한국에서의 공부는 더 이상 하고 싶어하지도 않고……. 사실 한국에선 꿈을 펼쳐볼 수 있을 것 같지 않다고 한 너의 말이 결정적이었어.

그동안 엄마는 최선을 다해서 유학준비를 하느라 마음을 많이 태웠단다. 유학개발원 원장님과 의논하며 열심히 서류 준비하는 일로 엄마는 몸과 마음을 쉬지 않고 뛰었단다. 물론 그건 너의 부모로서의 역할이기도 했지만, 한 달 만에 유학을 성사시킨다는 것이 결코 쉬운 일만은 아니었어. 미국에서 귀국하고 네가 살아온 시간들을 생각해 보면, 그동안 너 또한 참으로 많은 수고를 했다는 생각이 드는구나.

이제 비행기를 타고 마음껏 날아가거라. 너의 꿈과 행복을 위해서 거침없이 날으렴! 네가 이 땅의 친구들과 선생님, 그리고 부모님들에게 값진 글을 써준 일만 갖고도 너에게 보너스 휴가를 주고 싶단다. 네가 어린 시절을 미국에서 보내며 그렇게 창의적이고, 비판적이고, 계몽적이 되었듯이, 이제는 청년의 눈으로 또 다른 세계를 경험하고 느끼고 오기를 기대한다.

명훈아! 그동안 쌓였던 상처와 고통은 뉴질랜드의 아름다운 경치로 말끔히 씻고, 새로운 몸과 마음을 가지고 돌아오너라. 갈 때는 침을 뱉고 가더라도 어디까지나 너의 현주소를 잃지 말고, 너만의 자리와 장소를 찾아가길 바란다. 네가 살아가면서 보람을 느끼는 일을 발견하고 만족을 얻을 수만 있다면 장소는 어디라도 좋다는 것이 엄마의 생각이란다.

가서 건강관리 잘 하고, 운동 많이 하고, 잘 먹고, 잘 싸고, 잘 자거라. 너를 의지하고 멀리 떠나는 사촌 누나와 동생도 최선을 다 해서 도와주렴. 지상에서 가장 가치 있고 아름다운 일이 한 사람에게라도 더 좋은 영향을 주면서 살아가는 것 아니겠니?

아직 18세가 되지는 않았지만 너는 어릴 때부터 참 똑똑했어. 그런데 그런 머리를 엄마를 부려먹고 야단치는 일에 활용하는 거……. 고것만 바뀌면 네 엄마는 지상에서 가장 행복한 엄마가 될 것 같다.

엄마의 곁을 떠나면 너는 더없이 독자적으로 잘 처신하고 잘해나갈 사람이라는 것은 나도 알아. 아무쪼록 우리 서로 더 성숙한 인격을 소유한 사람들이 되어 다시 만나자꾸나.

명훈아. 아빠는 네가 원하는 것만큼 더 많은 시간을 네게 주지 못한 것을 미안하게 생각한다. 아주 어릴 때는 네가 많이 울어서 엄마를 많이 괴롭히긴 했지만, 나는 아빠로서 네가 밝고 명랑한 아이가 되라는 뜻에서 이름을 명훈이라고 지어주었다. 너는 내 기대대로 명훈이답게 네 인생을 살아가고 있다. 나는 항상 너를 자랑스럽게 생각한단다.

네 글을 읽으면서 너에게 무수히 많은 마음고생을 시킨 것이 정말 미안한 생각이 든다. 하지만 어디를 가든지 사람들에게 칭찬받고 사랑받는 명훈이가 되리라고 아빠는 믿는다. 자주 연락하여라.

1996년 11월 20일

너를 사랑하는 엄마 아빠가

'쳇, 뭐 별것도 아닌 걸 가지구…….'

나는 감동과 '사랑'을 억지로 강요하는 듯한 엄마 아빠의 따뜻한 편지를 싸늘하게 접어서 가방 깊숙이 찔러 넣었다. 병무청과 시청, 유학원 등을 수차례 오가며 어렵게 나의 출국을 가능하게 해주신 어머니의 은혜조차도 새까맣게 잊고, 나는 그날 공항까지 배웅나와 주신 어머니와 큰 이모, 둘째 이모에게 간단한 인사조차 없이 탑승 시간이 되기가 무섭게 출국문을 뚫고 지나갔다. 탑승하는 바로 그 순간까지도 나는 어머니와 말다툼을 했다.

"명훈아, 도착해서 꼭 연락해!"

"공항에서 왜 그렇게 말을 크게 해? 남들이 다 듣잖아! 여기가 엄마 안방이야?!"

나는 마지막으로 홱 뒤를 돌아보면서 엄마를 야단쳤다. 어머니의 검은 머리와 두꺼운 안경, 촌스러운 옷. 그리고 그런 촌티 나는 엄마의 곁을 지나가며 나를 쳐다보던 한국 사람들……. 김포공항이라는 끈적끈적한 한국냄새에 나는 다시 한번 얼굴을 찡그렸다. 나중에 알게 된 것이지만, 나의 뒷모습을 바라보시면서 어머니는 그 때 소리 없는 눈물을 흘리셨다.

종이 비행기

뉴질랜드 행 원-웨이 티켓을 들고 잔뜩 부푼 꿈과 희망을 가슴에 안고서 나는 사춘기 소년의 마음속에서 극대화된 자유와 젊음을 만끽했다. 저 멀리 안개 속에 사라져 가는 한국 대륙을 뒤로하는 나의 마음은 창 밖의 불투명한 구름처럼 희미하였으나, 그것은 어쩌면 신대륙이라도 발견할 것만 같은 설렘을 안고서 미지의 세계로 향하는, 기쁨과 두려움이 교차된 탐험가의 심정과도 같았다.

스튜어디스들이 가져다주는 음료수와 땅콩을 질겅질겅 한꺼번에 씹고 마시면서 나는 이상야릇한 도취감과 승리감에 사로잡혔다. 다른 한국 사람들보다 훨씬 높은 곳에서 아래를 내려다보기 때문이었을까.

나는 버르장머리 없는 어느 애새끼처럼 아늑한 비행기 좌석에 앉아 팔 다리를 주욱 펴면서 쓰고 있던 검은색 모자를 꽉 눌러 썼다. 내 옆에는 아무도 없었다.

나와 같이 뉴질랜드로 유학을 떠나는 사촌 누나와 동생은 기내 뒤편에 나란히 자리 잡고 앉아 있었고, 우리들의 뉴질랜드 유학을 안내한 유학원 원장 내외분도 우리가 가는 곳에서 올려질 아들의 결혼식에 참석하기 위해서 우리와 함께 그 비행기에 동승하고 계셨다.

밤과 낮의 구분 없이 비행기는 푸른 바다 위를 몇 시간 동안 날았고, 우리는 수십 시간 뒤에 피지 *Fiji* 섬에 내렸다. 뉴질랜드는 북쪽 섬과 남쪽 섬으로 되어 있었는데, 북쪽 섬 근처의 작은 섬인 이곳 피지에서 비행기는 잠시 착륙하여 기체 점검을 받고 연료를 재 공급받았다.

한국이라면 수능 시기에 맞추어 어김없이 찾아오는 쌀쌀한 겨울바람이 불기 시작할 때였지만, 이곳은 지구의 적도 근처였기 때문에 마치 열대 지방처럼 후끈후끈한 오렌지색 날씨를 선보였다.

땀에 흠뻑 젖은 두꺼운 스웨터와 청바지를 입고 있기가 매우 불편해 나는 피지 섬 공항 화장실에서 반바지와 반팔 셔츠로 갈아입으려 했다. 하지만 우리들의 최종 목적지인 남쪽 섬의 인버카길 Invercargill이라는 도시는 남극과 매우 가깝기 때문에, 조금만 더 날아가면 추워질 것이라는 유학원 원장님의 말씀은 이내 나로 하여금 변덕을 떨게 만들었다.

수도인 북쪽 섬의 오클랜드 Auckland에서부터 우리는 보다 작은 크기의 뉴질랜드 국내선으로 갈아탔다. 국내선이라서 그런지 비교적 낮은 고도로 비행하였는데, 몇 백 미터 아래에 보이는 푸른 언덕과 아기자기한 집들, 그리고 뒷 마당에 있는 수영장과 형형색색의 꽃들로 단장된 정원들은 분명 보기 좋은 풍경들이었다. 그것은 뿌연 하늘 밑의 고층 아파트들과 잔디밭 하나 제대로 구경하기 힘든 흙먼지 속의 한국과는 너무나도 커다란 대조를 보이며, 어린 시절에 살았던 디어필드 집 주변의 울창한 숲과 싱그러운 푸른색의 자연을 오랜만에 다시 기억의 수면 위로 떠오르게 만들었다.

크라이스트처치 Christchurch에서 우리는 드디어 인버카길로 향하는 마지막 비행기를 잡아탔다. 30명 정도를 수용하는 무척 작은 이 경비행기는 프로펠러로 돌아가는 것이었는데, 화창한 날씨는 비행기를 타자마자 언제 그랬냐는 듯 심한 비바람으로 돌변했고, 비행기는 매우 심하게 덜컹거리기 시작하더니 곧 나를 불안하게 만들었다.

원장님 얘기는 남쪽으로 내려갈수록 자연히 적도와 멀어지기 때문에 기온은 낮아지며, 한국과는 달리 이곳은 12월에 한여름과 같은 날씨가 되고, 8월쯤에 겨울이 온다는 것이었다.

비행기 창 밖을 통해 본 날씨는 실제로 따뜻하고 화창한 북쪽 섬의 분위기와는 많이 달랐다. 하늘에는 어느새 검은 먹구름이 짙게 드리워져 있었고, 빗방울이 세차게 유리창에 부딪히며 '탁탁탁' 하는 소리를 만들어냈다. 뉴질랜드 최남단의 소도시 인버카길. 내가 향하고 있는 궁극의 지점은 지상 천국의 가장 남쪽이었다.

신천지

인버카길 공항에서 우리 일행을 마중 나온 사람들은, 사촌 미진이 누나와 태훈이의 호스트 패밀리 어머니가 되어줄 아주머니 한 분, 인버카길의 해외 유학생 프로그램을 담당하는 피오나 씨, 그리고 근처 대학에서 외국인을 위한 영어 코스를 밟고 있는 한인 여학생 두 명이었다.

나는 사촌들과 함께 한 지붕 아래에서 홈스테이를 하게 될 줄 알았는데, 알고 보니 우리는 각각 다른 호스트 패밀리로 나뉘어져 있었다. 미진이 누나와 태훈이는 담당 호스트 어머니와 함께 짐을 챙겨 먼저 떠났고, 나는 유학원 원장님 내외분께 인사를 드리고 마중 나온 한인 유학생 두 명과 함께 피오나 씨의 차에 올라 앞으로 내가 생활하게 될 집으로 향했다. 회색 빛 하늘은 좀처럼 비바람을 멈출 기미를 보이지 않고 있었다.

"한국 어디에서 오셨어요?"

차 안에서 한참을 빗속에 말없이 가다가 어색한 정적을 깨려는 듯 어깨 너머로 앞자리에 앉은 여학생이 뒷자리에 앉은 나에게 물었다.

"네? 아, 대전이요."

창 밖의 낯선 풍경들과 바쁘게 눈을 마주치느라 정신이 팔려 있었던 나는, 조금은 퉁명스럽게 대답했다. '뉴질랜드 땅에 오자마자 이렇게 빨리 다시 한국어를 하게 될 줄은 몰랐는데' 하고 속으로 중얼거리면서 나는 다시 창 쪽으로 얼굴을 돌렸다.

나는 그다지 사교성이 뛰어난 성격이 아니었고, 특히 잘 모르는 사람과는 좀처럼 말을 쉽게 꺼내지 않았다. 더구나 영어권 나라에서 만나는 한국인이었기 때문에, 내 마음은 더욱 굳게 닫혀 있었다. 한국인이라는 이유 때문에 이 두 명의 여학생들은 나와 어느 정도의 가까움을 느끼는 듯했지만, 나는 결코 그런 배경을 염두에 두고 있지 않았다.

"같이 오신 분들은 친구 분들이세요?"

"아뇨. 사촌 누나와 동생이에요. 같이 유학왔어요."

"네……. 여기 처음에 적응하는 데는 조금 시간이 걸리시겠지만 생활하다 보면 괜찮아요. 공부도 할 만하구……. 사람들도 좋구 그래요."

"지금 이곳에서 공부하는 한국 사람들은 대충 몇 명 정도 있죠?"

"음. 지금 저희 둘 말고 또 같이 공부하는 한국 사람들 한 네다섯 명 정도 더 있는데, 일본 사람들 몇 명하고 중국사람 셋……. 아, 그리고 타일랜드 사람 한 명인가 그렇게 있어요. 그런데 동양인이 별로 없고, 아무래두 제일 남쪽 도시이다 보니까 첨에 조금은 힘드실 거예요."

그 여학생의 목소리는 마치 약국에서 약 받을 때 약사가 '하루 3번 식후에 드시구요, 이 약 바르시면 곧 괜찮아질 거예요.' 하는 것과 같은 기계적인 목소리처럼 들려왔다.

"인 잉글리시!"

그 때 앞에서 운전대를 잡고 계시던 피오나 씨는 우리가 무슨 얘기를 하나 궁금했는지 영어로 대화하자며 우리들이 나누던 대화를 두 조각 내는 유쾌한 웃음을 터뜨렸다. 이내 차안은 웃음으로 가득 채워졌지만 '첨에 조금은 힘드실 거' 라는 조금 전 그 여학생의 말은 좀처럼 창 밖을 다시 향한 내 머릿속을 떠나질 않았다.

나는 눈을 아래로 굴리며 어금니를 깨물었다. 어찌되었든지 간에 나는 스스로 한국을 떠나 이곳으로 온 것이었고, 이제 와서 돌이킬 수 없었다. 그리고 후회도 없었다. 그저 이곳에서 고등학교를 나오고 좋은 대학에 진학해 성공해서 뭔가를 보여주겠다는 집념과 오기만이 내 가슴속에서 맴돌고 있을 뿐이었다.

'한국의 그 자식들에게 꼭 무언가를 보여주겠어. 꼭 성공해서 돌아갈거야!'

일곱 중의 하나

차 밖에서는 비가 끈질기게 쏟아져 내리고 있었다. 뒷좌석에 앉은 걱정 어린 내 얼굴빛이 거울 속에 비쳐졌는지 운전하던 피오나 씨는 원래 뉴질랜드는 정말 좋은 날씨가 대부분인데 요즈음은 장마철이라서 한동안 이런 날씨가 지속될 것이라는 말을 건네주었다.

넓찍하고 깨끗한 도로와 깔끔한 잔디밭들, 그리고 띄엄띄엄 세워져 있는 집들과 건물들은 가슴 탁 트이는 시원함을 안겨주었다. 피크닉 가기에 딱 좋은 정갈한 잔디밭 공원들과 보기만 해도 시원한 숲들, 큼직한 시민 도서관과 수영장. 볼거리가 풍성한 '컬러풀'한 시내 상가와 햄버거와 스파게티가 있는 식당들……. 어린 시절 미국에서나 볼 수 있었던 그런 흑백의 풍경들이 하나 둘씩 내 눈앞에서 총천연색으로 되살아나고 있었다.

잔뜩 부푼 꿈으로 가슴을 온통 채우고 있을 때, 피오나 씨는 예쁜 무지개 색 꽃들로 빈틈없이 둘러싸인 어느 분홍색 집 앞에 차를 멈춰 세웠다. 도로변에 우체통과 화원이 있고 넓은 잔디밭과 차고가 갖추어져 있는, 아기자기하고 아담한 전형적인 서구식 집이었다.

커다란 여행가방 두 개와 책가방 하나를 트렁크에서 끌어내고 있을 무렵, 파란 대문을 열고 갈색머리에 나이 40대 중반의 키가 무척 작은 아주머니 한 분이 우산을 들고 활짝 웃으면서 걸어 나왔다. 앞으로 뉴질랜드에서 나를 보살펴 줄 호스트 어머니, 웬디 번 *Wendy Byrne* 씨였다.

간단한 인사를 마치고 피오나 씨는 곧 한국인 여학생 두 명과 함께 다시 떠났고, 나는 웬디 아주머니의 안내를 받아 앞으로 내가 생활하게 될 방으로 향했다. 무거운 가방들을 끌고 비에 흠뻑 젖은 신발로 찌익찌익 카펫에 검은 발자국들을 남기면서 내가 다다른 곳은, 어느 높다란 하얀색 문 앞이었다. 웬디 아주머니가 금색 손잡이를 돌려 문을 열고 방 안의 불을 켜는 순간, 나의 입은 한쪽 귀에서 다른 쪽 귀까지 찢어졌다.

나란히 있는 5개의 큰 창문들 위로 분홍색 커튼이 걸려 있었고, 방 한쪽 구석에는 스프링으로 만들어진 작은 침대가 놓여 있었다. 가구라고 해봐야 낡은 나무책상 하나와 의자, 그리고 벽 안쪽에 만들어진 벽장이 전부였지만, 한국에서 살던 아파트의 내 방에 비하면 부드러운 카펫이 깔린 큼직한 이 곳은 1급 호텔방이었다. 나는 금빛의 샹들리에를 쳐다보며 양팔을 쭉 뻗어 춤을 추듯 한 바퀴 몸을 빙 돌렸다. 웬디 아주머니는 방을 좋아하는 내 모습을 보고는 빙그레 웃으셨다.

"여기가 화장실이고, 이 계단들을 올라가면 큰 다락방과 아이들 방이 있어요."

웬디 아주머니는 족히 30개쯤은 되어 보이는 화장실 옆의 계단들을 가리키며 방긋 웃었다. 벽에는 가족사진이 여러 장 걸려 있었다. 아저씨 아주머니와 딸 둘, 아들 둘. 여섯 명의 파란색 눈동자와 금발의 인물들이 사진 속에서 즐겁게 웃고 있었다.

"큰 여자애들 둘은 학교에서 아직 돌아오지 않았고, 남자애들은 아마 지금쯤 거실에서 TV를 보고 있을 텐데……."

그러면서 아주머니는 복도 끝에 있는 내 키의 두 배는 될 만한 커다란 흰색 문을 열며 그쪽으로 나를 안내했다. 꼬마 아이들 두 명이 소파에 앉아 있었다.

"여기 얘가 10살인 재러드 *Jarrod*, 그리고 얘는 8살인 데이먼 *Damon*. 어떻게 열이 좀 내려갔니?"

웬디 아주머니는 잠옷을 입고 있는 꼬마의 이마를 만져보았다.

"엄마, 이 사람 영어 할 줄 알아요?"

"아, 마크는 어릴 적에 미국에서 살았기 때문에 영어를 아주 잘해."

"우리랑 같이 공 던지기 놀이 할 수 있죠?"

"얘들이랑 놀아 주려면 아마도 팔이 나가 떨어질 거예요."

웬디 아주머니는 장난기 묻은 표정으로 나에게 속삭이고 나서 지금 저녁식사 준비를 할 테니 짐을 대충 정리하고 옷을 갈아입은 다음 아이들과 TV를 보고 있으라고 하셨다.

저녁 식사 때가 되어 나는 노란 눈썹과 머리카락의 뚱뚱한 아저씨 리처드 번 *Richard Byrne* 씨와 15세의 다니엘라 *Daniela*, 그리고 13살인 로셸 *Rochelle*을 만났다. 뉴질랜드에서의 첫 식사는 양념 닭고기와 야채, 감자였다. 달그닥거리는 식기소리와 오고가는 소금과 버터. 하룻밤 사이에 변해 버린 환경에서의 첫 긴장된 호흡이 나의 가슴속에서 고동치고 있었다.

"먹고 싶지 않으면 다 먹지 않아도 돼요."

왼쪽의 식탁 모서리에 앉아 있던 큰 딸이 잔뜩 긴장된 칼질로 덜그덕거리는 나를 보며 웃었다. 모두가 나를 상냥하고 따뜻한 눈으로 바라보고 있었다.

"앞으로 힘든 일 있으면 뭐든지 숨기지 말고 우리에게 말해요.

여기에 있을 동안 우리가 보살펴야 할 의무가 있으니까."

"듣기론 같이 온 일행이 있다고 들었는데……."

"아, 사촌 누나와 동생하고 함께 왔습니다."

"사촌들도 영어를 당신처럼 잘하나요?"

"아뇨……. 저랑 같이 오긴 했지만, 제가 첨엔 많이 도와주어야 겠지요."

"마크, 이곳에서 돌아다니려면 아마도 자전거가 필요할 거예요. 내일이나 모레쯤 사촌들과 함께 자전거를 사러 나갑시다."

"아빠, 우리들도 마크랑 같이 가도 돼요?"

"글쎄다……? 마크와 사촌들이 승용차에 타면 자리가 있을지 모르겠다만, 승합차에는 그래, 자리가 넉넉하니까."

재러드와 데이먼은 환호성을 지르며 나를 반짝거리는 눈으로 쳐다보았다. 다가올 짓궂은 장난들과 수난의 예감을 느끼면서도 나는 즐겁게 목구멍으로 음식물을 넘겼다.

지구 최남단이라는 뉴질랜드의 어느 소도시의 한 외국인 가정의 식탁에서, 세차게 창문들을 몰아치는 비바람으로부터 격리된 그 영롱한 공간 속에서, 나는 희망과 기대에 부푼 가슴으로 달콤한 미지의 새 삶을 즐겁게 그려보았다.

녹색 지대

분홍빛 커튼을 뚫고 어렴풋이 새어드는 따사로운 뉴질랜드의 햇볕이 포근한 침대의 모포를 덮고 누워 있는 나를 깨웠다. 나는 커튼을 열어 젖히고 맑고 청명한 뉴질랜드의 아침 공기를 한껏 들이켰다. 뉴질랜드에 도착하던 며칠 전의 질펀한 구름과는 달리 오늘은 푸른 하늘이 솜사탕 같은 흰 구름만을 듬성듬성 띄우고 있었다.

나는 창턱에 걸터앉아 방 안을 한 바퀴 둘러보았다. 여행가방 둘과 책가방 하나, 워크맨과 테이프 9개. 한국에서 가지고 있던 재산에 비하면 더없이 초라한 재산목록이었지만, 나는 웃었다. 나는 유쾌하게 숨을 들이키며 뉴질랜드 럭비 팀인 올 블랙스 *All Blacks*의 팀 로고가 새겨진 럭비공을 손안에서 한 바퀴 굴려보았다. 리처드 아저씨가 어제 나를 위해 사 준 환영의 선물이었다.

전날 리처드 아저씨를 따라 재러드와 데이먼, 미진이 누나, 태훈이와 함께 커다란 종합 쇼핑몰인 웨어하우스 *Warehouse*와 시내의 가게들을 돌아다니면서 나는 필요한 일상용품들과 야구글러브, 테니스 공들, 자전거와 헬멧 등을 구입했다.

어린 시절 미국에서만 보아왔던, 적어도 한국에서는 좀처럼 찾아보기 힘든 그런 세분화되고 다양화된 놀이와 취미의 도구들이 끝도 없이 가게의 진열대와 선반들에 펼쳐져 있었다. 베녹번 스쿨에서 미세스 굿맨과 친구들과 하던 '아임 쏘리! *I'm Sorry!*'와 '오퍼레이션 *Operation*' 게임, '배틀쉽 *Battleship*'과 '캔디랜드 *Candy Land*'.

웃음과 즐거움을 몰고 오던 그런 향수들 앞에서 나는 한동안 멍하니 넋을 잃었다. 이제는 다 커서 그 때의 꼬마로 다시 돌아갈 수는 없지만, 그래도 고향을 찾아온 듯 내 마음은 풋풋하기만 했다.

따스한 햇볕 속의 그 감흥을 음미하면서 나는 두 눈을 감았다. 그 때 누군가가 노크를 하면서 방문을 빼꼼 열었다. 웬디 아주머니였다.

"마크? 앨리스랑 대니가 왔는데……."

미진이 누나와 태훈이가 방으로 들어왔다. 잠을 그다지 잘 못 잔 얼굴들이었다.

"이야, 이게 네 방이야?!"

"뭐 아직은 휑하지만, 이 정도면……. 누나랑 태훈이네 그쪽 집은 어때? 좀 살만 해?"

"아우, 짜증날 것 같아. 이틀밖에 안 지났지만 코딱지만한 방에……."

"애기도 맨날 울고……."

미진이 누나와 태훈이는 동시에 한숨을 내쉬었다.

"어제 이 집 애들하고 자전거 타고, 공 던지며 놀았더니 팔이 쑤시네."

나는 팔을 빙빙 돌리면서 얄궂게 웃었다.

"야! 넌 그래도 뭐 할 일이라도 있지. 우리들처럼 갓난 애기들만 있어 봐."

"먹는 건 어때? 먹을 만한 것 같아?"

"겨우 이틀 동안 빵하구 쨈 같은 거만 발라먹고 있는데, 아직은……. 그나마 라면 가지고 온 게 있으니까……. 아껴뒀다 먹어야지 뭐."

"아줌마랑 말이 안 통하니까 손짓 발짓 해가면서 살지!"

태훈이가 시늉을 해보일 때 우리 모두는 웃음을 터뜨렸다. 불안과 걱정이 아주 없진 않았지만, 우리 셋은 담담한 마음으로 긍정과 희망들을 한 데 모았다.

"시간이 조금 지나면 잘 될 거야. 쫌만 지나면 우리들 모두⋯⋯."

영어 군단

내가 사는 집에서 약 800미터 떨어진 곳에 미진이 누나와 태훈이의 홈스테이 집이 있었는데, 당장의 그 1킬로미터 반경 안에 이미 웬만한 생활공간들이 다 들어서 있었다. 다니엘라가 매일 아침 다닌다는 동네 수영장, 우체국과 은행, 슈퍼마켓과 테니스 코트, 그리고 농구장⋯⋯.

자전거를 타고 좀 더 벗어나면 세코야 나무가 가로수처럼 길게 늘어선 커다란 공원이 모습을 드러냈고, 그 공원과 숲을 가로질러 2킬로쯤 자갈길을 뚫고 지나가면 박물관과 인버카길 시내로 이어지는 큰 도로가 나왔다.

돌아오는 월요일부터 나와 미진이 누나, 그리고 태훈이는 그 숲 속의 길을 따라 자전거 경주를 펼치며 시내 전문대학 내의 외국인 영어 프로그램에 나가기 시작했다. 홈스테이 어머니들이 싸준 샌드위치와 과일을 싸들고 우리는 매일 아침 명랑한 기분으로 바람을 가르며, 그 인버카길 공원의 녹색 숨결을 타고 질주했다.

"쓰띠루 영그! *Still young!*"

영어 연수 프로그램을 시작하던 첫 날, 한 동양인 여학생이 21개의 촛불을 후욱 끄면서 두 손을 머리 높이 치켜들면서 소리를 질렀다. 곁에서 박수를 치던 열몇 명의 사람들은 모두가 다른 모습을 하고 있었지만, 아시아권 출신이라는 점에 있어서는 전부 똑같았다.

거의 대부분이 일본 혹은 한국에서 온 사람들이었다. 거기에다가 중국 출신의 젊은 신혼부부 한 쌍과 남학생, 그리고 타일랜드에서 온 여학생 한명. 모두 사우스랜드 폴리테크닉 *Southland Polytechnic* (지금은 Southern Institute Of Technology로 이름이 바뀌었다) 산하의 유학생 영어연수 과정을 밟고 있는 학생들이었다. 그들 중에는 공항에서 번 씨네 집으로 가는 도중 피오나 씨의 차 안에서 나와 잠시 대화를 나누었던 두 여학생도 섞여 있었다. 첫날, 미진이 누나와 태훈이는 그 여학생들과 같은 초급반으로, 나는 별도의 고급반으로 배정이 되었다.

금발의 선생님들로부터 영어를 배운다는 공통된 목적을 가진 스무 명 남짓한 학생들은 무언의 약속이라도 한 듯 서로 친근감 있게 지내며, 동양인들끼리의 작은 매듭들을 자연스럽게 묶어나 갔다. 수업이 끝나면 학생들은 근처의 YMCA체육관에서 농구시합을 벌였고, 미진이 누나와 태훈이, 그리고 나는 차차 그 속에서 우리들만의 자리를 잡아가기 시작했다.

이대로만 잘 진행이 된다면 미진이 누나와 태훈이는 차츰 상급반으로 올라가게 될 것이었고, 나는 다음 해에 어학코스의 수료증을 들고 인근의 JH고등학교의 2학년으로 입학하게 될 것이다. 그렇게만 된다면, 나는 잃어버린 학창시절을 마침내 되찾게 되는 것이었다.

신고식

"야, 나 무서워서 앞으로 혼자 어떻게 다녀……."

어느 날 아침 미진이 누나가 휴게실에 들어오면서 이상야릇한 미소를 지었다.

"무슨 일인데?"

"조금 전에 학교 오늘 길에……. 이쪽 옆에 그 길 있잖아. 거기 있던 예닐곱 명 되는 사람들이 '헤이, 고 홈 Go home!' 그러면서 버럭 겁을 주는 거 있지."

"고 홈? 뭐 한국으로 돌아가라구?"

나는 걸터앉은 책상에서 내려왔다.

"아, 나도 그런 적 있었어요 언니."

그 때 저 쪽에서 커피를 들고 오며 미진이 누나와 같이 수업을 듣는 한국인 여학생이 한마디를 했다.

"처음 온 사람들은 다들 그런 것 땜에 얼마간 고민해요. 하지만 시간이 조금 지나면 뭐 그러려니 하게 되구……. 우리 다 같은 스트리트에 사니까 아침에 모두 함께 모여 갖구 오면 괜찮지 않을까?"

"야, 너네들 이제 앞으로 수업 끝나고 다까랑 켄하구 류랑 농구 하러 갈 때도 너희들끼리만 가지 말구 나도 데리고 가."

미진이 누나는 그렇게 말하면서 들고 있던 자전거 헬멧을 나와 태훈이 사이에 덜컥 내려놓았다.

아레나

"저 선수가 공을 들고 이쪽 편 선수에게 패스를 하면 그만큼 더 득점 기회가 높아지겠지?"

리처드 아저씨는 인버카길 시 운동장에서 벌어지고 있는 럭비 경기를 나를 위해서 열심히 해설해 주며 즐겁게 들썩거리고 있었다. 하지만 나는 새롭게 접해보는 스포츠인 럭비에는 그다지 큰 관심이 없었다. 경기 시작 전 운동장 한가운데의 트럭에서 공연을 하던 어떤 락 밴드를 볼 때까지만 해도 나는 기분이 좋았고, 리처드 아저씨와 이런저런 얘기를 주고받으면서 웃었다. 하지만 어느 사이엔가 사람들의 함성은 내 귓속에서 시무룩하게 죽어나가기 시작했고, 나는 입고 있던 파란색 코트의 주머니 속에서 주먹을 더욱 꽉 움켜쥐었다. 그날따라 바람이 쌀쌀하게 불어왔다. 저녁 시간이 다가오고 있었다.

"저, 아저씨. 죄송하지만 저 먼저 집에 가면 안 될까요?"

"럭비 경기가 영 재미가 꽝이지?"

"아, 그게 아니고요 지금 머리가 좀 아파서……."

나는 왠지 그 곳을 벗어나고 싶었다. 사람들이 자꾸만 나를 쳐다보는 것이 싫었다. 노랑머리에 파란 눈을 가진 사람들……. 곁에 우뚝 서 있는 리처드 아저씨만이 나의 유일한 편인 것만 같았다. 적대적이랄 것도 없는 사람들의 눈빛이었지만 그들은 마치 동양인을 처음 보기라도 하는 듯한 눈으로 나를 힐끗힐끗 흘겨봤다. 그도 그럴 것이, 그 관중석의 근 2, 3백 명 가량 되는 사람들 중에서 까만 머리에 황색 피부를 가진 사람은 나 하나뿐이었기 때문이다.

"그래 마크, 아직 뉴질랜드에 온 지 얼마 되지 않아서 시차적응도 있을 거고……. 경기 끝나고 같이 돌아갔으면 좋겠지만, 어떻게 집은 잘 찾아갈 수 있겠니?"

"예……."

"이쪽 퀸 스트리트만 주욱 따라서 올라가면 돼. 137번이라고 써 있는 집, 알지? 웬디 아주머니한테 너만 먼저 왔다고 전해줘."

머리가 아프다는 말은 핑계였다. 나는 "익스큐즈 미 *Excuse me*"를 입에 끊임없이 달아가면서 관중들을 뚫고 지나갔다. 사람들이 당장이라도 "고 홈, 고 홈!" 그러면서 나의 등을 내리칠 것만 같았다.

'벌써부터 이렇게 겁부터 먹고 다니면 안 되는데……. 미국에서 어린 시절을 보낸 나였는데, 바보같이……. 후우!'

나는 출구의 철문을 밀치고 밖으로 걸어 나오면서 미진이 누나가 했던 것 같은 그런 어색한 웃음을 지었다. 뉴질랜드에 온 지 이제 일주일이 조금 넘어가고 있었다.

그 때 어디선가 엔진 소리의 굉음과 함께 웃음소리들이 몰려왔고, 나는 무의식적으로 뒤를 돌아봤다. 저만치에서 붉은 색 트럭한 대가 다가오고 있었다.

"헤이, 유 자빠니스? 차이니스? 카아하하하……!"

한 부대의 청년들이 낄낄거리면서 원숭이 흉내들을 내기 시작했다. 나는 그 자리에서 움찔 멈추어 섰다.

'제기랄, 리처드 아저씨랑 럭비 경기나 계속……!'

나는 옆의 거대한 스타디움에서 터져 나오는 함성소리를 들으면서 부웅 하고 떠나는 그들을 초점 없는 눈으로 바라보았다. 하지만 곧이어 엄습해오는 상황의 역류를 느끼는 순간, 나는 황급히 뛰기 시작했다. 붉은 색 트럭은 분수대가 있는 작은 스퀘어를 한 바퀴 돌아 다시 내 뒤에서 무섭게 거리를 좁혀오고 있었다. 순간 그들이 영화나 뉴스에서 본 것처럼 차를 타고 지나가면서 총을 쏘지는 않을까 하는 섬뜩한 공포의 섬광이 헐떡거리는 그 몇 초 사이에 나의 뇌리를 스쳐갔다.

트럭이 바로 내 옆을 또 지나가면서 웃음과 야유가 온통 허공을 뒤덮었을 때, 나는 그 청년들의 손에 뭔가 하나씩 들려 있는 것을 보고는 생각할 것도 없이 옆의 잔디로 몸을 던지며 입고 있던 코트의 옷자락으로 얼굴을 가렸다. 병이 깨지는 소리들이 보도에서 퉁겨져 들려왔고, 둔탁한 물체들이 입고 있던 옷에 부딪혔다.

낄낄거리는 환호성들이 멀어져가는 바퀴소리와 함께 사라져가기 시작할 때, 나는 얼굴을 들었다. 찌그러진 맥주 캔들이 사방에 흩어져 있었고, 갈색 유리 파편들이 여기저기에서 흔들거리고 있었다.

나는 137번까지 뒤도 돌아보지 않고 뛰었다.

수신자 부담

"오, 마크! 왜 이렇게 땀이……?"

웬디 아주머니는 헐떡거리는 나를 향해 미소를 지으며 반듯하게 세탁된 빨랫감들을 건네주었다.

"후우, 운동 삼아 인버카길 스타디움에서 여기까지 한번 뛰어 봤어요."

"꽤 먼 거린데? 아저씨는 같이 안 오시고?"

"예, 나중에 경기 다 끝나면 오신다고……. 저 먼저 왔어요."

"럭비 재미없죠? 나도 사실은 별로 안 좋아하는데 리처드 그 사람은…… 못 말리지!"

웬디 아주머니는 한바탕 크게 웃고 난 뒤에 맞은편의 안방으로 발걸음을 옮겼다.

"저어, 혹시 무선전화 좀 쓸 수 있을까요? 콜렉트 콜로 한국에 전화를 좀……."

"물론! 마크, 이 집에 있는 건 뭐든 부담 갖지 말고 맘 편하게 써요. 오케이?"

나는 거실에서 전화기를 들고 와서는 방문을 걸어 잠궜다. 그리고는 엊그제 2층 다락방에서 들여온 서랍을 열어 그 속에서 어딘가에 파묻혀 있을 대한항공 전화카드를 찾아 열심히 뒤적거렸다. 나는 카드에 적힌 긴 번호를 차례차례 눌렀다.

"……엄마?"

"이게 누구야? 명훈이냐?"

"응."

"나다. 아빠! 우리 명훈이 잘 있냐?"

아버지는 들뜬 마음에 필요 이상으로 소리를 크게 지르고 계셨다.

"밥 잘 먹고 잘 생활하고 있지? 거기 가족들이 잘 보살펴 주고 있니?"

"응……. 미진이 누나랑 태훈이하고 영어공부 잘하고 있어요."

"뭐 별 다른 문제는 없지? 큰아버지가 걱정 많이 하신다. 너만 믿고 계시니까 니가 네 사촌들 좀 잘 도와줘."

"조금 있으면 여름방학이라서 나는 여기 홈스테이 가족들이랑 어디 여행 가는데, 미진이 누나와 태훈이는 아무 데도 안 간다고 하구……."

"명훈아, 네 책 원고를 여러 출판사들한테 돌려봤는데, 이번에 S출판사에서 내기로 했다. 아마 조만간 너한테 연락이 갈 거야. 그쪽 집 번호 알려줬으니까……. 편집하는 사람들이랑 잘 얘기해 보구. 아, 엄마 들어왔다. 엄마 바꿔줄께잉? 여보!……. 명훈이여 명훈이."

"아이고오, 우리 명훈이 왜 이렇게 연락을 안 하냐! 미진이랑 태훈이는 큰아버지한테 거의 매일 전화한다는데!"

"헤헤……. 은혜는 잘 있어 엄마?"

"요놈새끼 통통하게 살이 쪄가지고, 지금 막 오줌 누이고 오는 중이다. 잘 지내고 있지. 너 학교는 언제부터 시작해?"

"응. 2월쯤 어학 코스 다 끝나고……. 몰라 아직은."

"이번에 2월 말쯤 엄마 아빠 뉴질랜드 갈지도 몰라. 거기 오클랜드에 김진관 아저씨네 방문하고, YWAM프로그램 하면서 마타마타 *Matamata*라는 곳에서 두 달쯤 있다가 올 거거든. 그때 엄마 아빠가 연락할 테니까 한번 놀러와. 알았지?"

"엄마, 나 저번 주에 300달러 주고 전자 기타랑 조그마한 앰프

하나 샀어. 영어 고급반으로 바로 들어갔더니 수업료의 절반을 되돌려 줬거든."

"그래 잘했다."

"뉴질랜드에 오기 전에 혹시 내 컴퓨터 이쪽으로 보내줄 수 있어? 내 방 책꽂이에 있는 악보책들도……. H출판사랑 T음악사라고 쓰여 있는 책들 있거든?"

"그래. 보내볼게. 연락이나 자주 좀 해 이 녀석아! 기껏 먼 데 보내놨더니 편지도 없고 전화도 없구 이 놈 자식. 전화요금 걱정하지 말고 가끔씩 한국으로 전화 좀 해. 알았지?"

"알았어 엄마."

"그래 잘 지내구. 엄마 끊을게……."

나는 아무에게도 그 날 일어났던 일을 이야기하지 않았다.

물 위의 연기

어학코스들의 연말 종강파티의 즐거움과 흩날리는 색종이 조각들 속에서 나는 얼마 전에 있었던 그 일로 인해 짐짓 흐트러진 마음을 예전처럼 다시 되돌려 놓으려고 노력했다. 영어수업을 받았던 동료 학생들과 함께 피크닉을 가서 소시지를 구워먹고 잔디밭에서 프리즈비 *Frisbee*를 던지고 뒹굴면서 나는 환하게 웃었다. 온갖 조가비들이 반짝거리면서 벽을 장식하고 있는 바닷가의 박물관 안을 활보하면서, 나는 아무 문제없다는 듯이 미진이 누나와 태훈이와 장난치면서 즐거운 기분을 힘껏 끌어안았다.

그리고 크리스마스가 다가오는 그 다음 주에 번 씨네 가족들과 함께 웰링턴 *Wellington*에 있는 재러드와 데이먼의 할아버지 댁과 티머루 *Timaru*의 사촌들의 집을 향해 출발하면서부터 나는 뉴질랜드 생활에 대한 동경과 환희를 다시금 되찾았다.

언덕 너머로 계곡이 나 있고 사방에 넓은 농장들이 퍼져 있는 한적하면서도 조용한 곳에 리처드 아저씨의 아버지와 부인되시는 할머니, 그리고 커다란 도버만 개 한 마리가 살고 있었다. 그 곳은 뒤뜰의 조촐한 정원과 집 앞마당의 감자와 토마토가 심어져 있는 작은 농장이 서로 보기 좋게 조화를 이루고 있는, 문명의 때가 아직은 닿지 않은 장소였다.

낡은 트레일러를 개조해 만든 숙소가 내가 머물 곳이었는데, 데이먼과 재러드는 따로 번 씨네 가족들을 위한 커다란 방이 있었는데도 불구하고 창고 쪽의 오래된 트럭 안에서 자겠다면서 온갖 고집을 부렸다.

리처드 아저씨가 어렸을 적에 아버지와 함께 타고 다녔다던 60년대의 낡은 트럭과 트레일러. 그 트럭 안의 선반에는 5,60년대 소설책들과 잡지들이 빛바랜 종이냄새를 풍기며 보관되어 있었고, 아이들의 할머니는 그 곳에 머무는 동안 읽으라면서 나를 위해 그 중에서 몇 권을 추천해 주셨다. 마치 타임머신을 타고 소설 《분노의 포도》 속, 조드 가족의 한 구성원이라도 되어 버린 것 같은 느낌이 들었다. 멜빵청바지에 입에 지푸라기를 물고 있는 서부의 소년이 된 것 같은 그런 기분은, 그러나 결코 나쁜 것이 아니었다.

뉴질랜드 여름의 햇볕이 쨍쨍 내리 쬐는 가운데 나는 맨발로 트레일러의 문에 걸터앉아 썩어가는 종이의 냄새가 물씬 풍기는 《얼라이브 *Alive*》라는 제목의 소설책을 펼쳐들며 이마에 흐르는 땀을 닦았다. 크리스마스 이브였다.

"이봐 마크, 전자기타 좀 쳐보지 않겠어?"

리처드 아저씨가 집에서 맨발로 걸어 나오면서 트레일러 앞의 잔디밭 위에서 나를 보며 씨익 웃었다.

"쳐봐도 괜찮겠어요, 정말로?"

"너무 시끄럽게만 치지 않는다면 내 아버지도 괜찮다고 하실 거다. 저쪽에서 전원 코드를 연결해 오마."

인버카길에서부터 실어 날라 온 황색 기타박스 안의 검정색 전자 기타와 작은 앰프를 찾아 들고 와서 나는 다시 트레일러로 올라왔다.

"내가 좋아하는 그룹 딥 퍼플 *Deep Purple*의 노래인데, 너도 이 노래 들어봤는지 모르겠다."

그러면서 아저씨는 작은 딸 로셀로부터 빼앗아 온 듯한 워크맨 에다가 흰색 테이프를 꽂고는 들어보라며 이어폰을 권했다.

"스모크 온 더 워터 *Smoke On The Water*라는 제목의 노래지. 앞부분은 악보 없이도 대충 알아낼 수 있을 것 같니?"

그러면서 아저씨는 공중에서 기타치는 모션을 우스꽝스럽게 해대면서 저쪽 잔디밭에서 일광욕을 하고 있는 아이들과 웬디 아주머니에게로 걸어갔다. 기타를 아주 잘 치는 정도는 아니었지만 나는 얼마 지나지 않아 운지법을 알아내어 번 씨네 가족들이 멀리서 지켜보는 가운데서 기타를 치기 시작했다. 멋쩍게 웃으면서 나는 구름 한 점 없는 푸른 하늘을 올려다보며 기타를 연주했다.

'한국에선 지금 눈이 내리고 있을까. 어머니와 아버지는 지금쯤 무얼 하면서 지내고 계실까. 내 친구들은 잘 지내고 있을까……'

아득히 멀리 떨어져 있는 한국의 모습이 하늘을 향한 나의 망막 위에서 떠다니고 있었다.

바람과의 속삭임

번 씨네 할아버지의 고요한 농장에는 크리스마스 캐럴이 울려 퍼지지도, 하얀 눈이 내리지도 않았다. 밖에서 어렴풋이 들려오는 새소리들과 뜨거운 햇볕의 기운 때문에, 크리스마스라는 사실을 나는 한참 뒤에서야 띵하고 깨달았다. 땀 흘리면서 맞는 성탄절이라니…….

트레일러로부터 걸어 나와 나는 잔디밭 건너편의 하얀 집의 미닫이 유리문을 열었다. 번 씨네 가족이 소파에 모여 앉아 담소를 나누고 있었다. 안의 복도 끝에는 작은 크리스마스 트리 하나와 대여섯 개의 선물 꾸러미들이 놓여 있었다.

"메리 크리스마스, 마크!"

어른들과 아이들이 함께 합창을 하면서 나를 반겨주었다. 나는 쑥스러움에 뒤통수를 쓰다듬으면서 왠지 불편한 그 상황을 피해 부엌으로 슬그머니 발을 옮겼다. 거실에서 흘러 들어오는 말소리와 간간이 터져 나오는 웃음소리들에 귀를 쫑긋거리면서 나는 빵과 시리얼로 허기진 배를 채워나갔다.

"마크, 어디 가려고 그래요? 우리랑 같이 얘기도 좀 하고 그러지? 곧 있으면 아이들의 사촌들 크레그와 클레어네 가족들도 놀러올 텐데."

"그냥 밖에 산보 좀 나갔다 오려구요."

거실의 유리문 밖으로 신발을 찾아 발을 뻗으면서 나는 얼굴을 환하게 폈다.

"엄마, 우리도 마크 따라서 놀러 갔다 와도 돼요?"

그렇지, 재러드와 데이먼이 빠질 리가 없었다.

"글쎄다? 마크가 괜찮다고 한다면 뭐……."

웬디 아주머니는 고개를 갸우뚱하시면서 나에게 미안함이 깃든 눈빛을 보내셨다.

"그래, 같이 가자."

쏜살같이 나를 제치고 튀어나가는 아이들을 바라보면서 나는 또다시 웃을 수밖에 없었다.

아이들과 길 건너편의 벌판에서 프리즈비와 공을 던지고 받으면서 나는 얼마간의 시간을 보냈다. 그렇지만 혼자 있고 싶은 생각이 자꾸만 나의 머릿속을 두드렸다. 아이들이 땅에 떨어진 프리즈비를 주우러 달려가는 그 틈마다 나는 사방을 살폈다.

'어디 한적하고 좋은 곳 없을까?' 어딘가 아무도 없는 데서, 조용한 곳에 가서 홀로 생각에 잠기고 싶었다.

나는 재러드와 데이먼을 남겨두고 커다란 헛간의 곁길을 따라 나 있는 언덕을 슬슬 오르기 시작했다. 바위와 갈대, 야생 꽃들을 제쳐가면서 계곡을 굽어보는 높다란 갈대숲에 이르러서야 나는 뒤를 돌아보았다. 재미가 없었는지 뒤따라오던 재러드와 데이먼은 발길을 돌려 도로 언덕을 내려가고 있었다. 작은 트레일러와 하얀 집이 눈에 들어왔다. 나는 커다란 바위 위에 엉덩이를 붙이면서 길게 한숨을 내쉬었다.

'이게 뉴질랜드에서의 첫 크리스마스구나⋯⋯.'

푸른 여름 하늘을 얼떨떨한 기분으로 바라보면서 나는 아까 아침을 먹고 나서 번 씨네 가족들로부터 받았던 선물들을 머릿속에 떠올려 보았다. 전자계산기와 빨갛고 파란 노트들. 한 달 뒤에 시작되는 고등학교 생활을 잘해나가길 바란다는 의미였을까?

바람은 자꾸만 내 귀에다 외로움이라는 단어를 속삭이면서 갈대들을 흔들어댔다. 아니다, 나는 외롭지 않았다. 친구들은 앞으로 고등학교에 들어가서 많이 사귀면 되는 것이고, 아버지 어머니가 없어도 나는 잘해낼 자신이 있었다. 두 번째로 어렵게 얻은 고등학교 생활의 기회를 그냥 대충 흘려보낼 수는 없었다.

나는 엉덩이에 묻은 흙과 먼지들을 털어 내면서 일어섰다. 저 아래 유리문 건너편의 집 안에서 화기애애하게 손뼉을 치고, 소파에서 이리저리 뒤척이면서 번 씨네 가족들이 모여 앉아 웃고 있었다. 집으로 되돌아간 재러드와 데이먼은 리처드 아저씨 옆에 앉아 스파이키를 쓰다듬고 있었다. 유리문의 하얀색 틀은 한 행복한 가족을 그 액자 속에 담고 있었다.

포물선

티머루의 로비 길크라이스트 씨네 집에서 확장된 번 씨네 가족들과 함께 1996년의 마지막 일주일을 보내면서 나는 될 수 있는 한 밝고 명랑하게 행동하려고 노력했다. 한국에서 온 외국인으로서 영어를 아무런 불편 없이 듣고 말할 수 있다는 것은 분명 도움이 되는 능력이었지만, 그러나 가끔씩은 그것이 너무나도 예민하게 주변의 상황이나 대화를 흡수해 버리는 작용을 해 도리어 역효과를 가져오는 느낌이 들 때도 적잖았다.

연말이면 더욱 뚜렷해지는 가족이라는 테두리의 어정쩡한 경계선상에 서 있는 입장에서, 때로는 어떻게 행동해야 할지 몰라서 나는 부담을 끌어안으면서 식탁과 거실에 조심스레 앉았다. 그리고 얼마 지나지 않아 그 자리를 슬쩍 빠져나오곤 했다. 가족들끼리 개인적으로 하고 싶은 얘기를 혹시나 나 때문에 못하는 것은 아닌지. 아직까지는 영어를 잘 알아듣지 못하는 홈스테이 학생이었으면 하고 바라며 길크라이스트 씨네 가족들이 은근히 눈치를 주는 것은 아닌지…….

물론 그들은 볼링장과 음식점, 쇼핑몰, 공연장 등에 나를 꼭 데리고 다녔으며 다니엘라의 나이 또래인 크레그와 클레어도 내가 모든 일에 함께 참여하길 원했지만, 뒤숭숭한 마음은 내내 없어지질 않았다.

친부모와 떨어져 혼자 먼 땅에서 피 한 방울 안 섞인 외국인들과 먹고 자고 생활하면서 나는 극도로 예민해져 가고 있었다. 사춘기에 들어선 나이였기 때문인지, 아니면 한국으로부터 도망쳐 외국 땅의 어느 상류층 가정 속에 섞여 살아가는 나 자신을 거울 속에서 바라보면서 일종의 죄책감을 느끼는 것이었는지…….

중국 음식점에서 길크라이스트와 번 씨네 가족들에게 젓가락을 사용하는 법을 가르쳐주면서 나는 나의 외모 때문에 어쩔 수 없이 짊어져야 하는 핸디캡을 액면 그대로 장애로 받아들였다. 내가 동양인이라는 사실이 나는 무척이나 싫었다.

티머루의 시민들 수천 명이 넓은 시민공원의 잔디밭 광장에 모여 1997년에 발을 들여놓는 초읽기에 들어가기 시작했을 때, 나도 그 인파의 물결 속에 끼여 작은 언덕 위에 올라서 있었다. 불꽃놀이와 폭죽들이 밤하늘에서 폭발하기 시작하자 사방에서 '해피 뉴이어'가 터져 나왔다. 그리고 친구들은 친구들을, 연인들은 서로를, 아이들은 어른들을, 부모들은 자녀들을 부둥켜안으면서 새해를 맞는 기쁨들을 서로 나누었다. 나는 혼자 팔짱을 낀 채로 가만히 그 자리에 서 있었다.

"해피 뉴이어, 마크!"

"그래요, 해피 뉴이어!"

웬디 아주머니와 리처드 아저씨, 다니엘라와 로셸, 재러드와 데이먼, 그리고 길크라이스트 씨네 가족들이 그 여운의 감상에 홀로 젖어 있는 나를 깨웠다.

"우리랑 같이 저거 타러 가요, 마크."

아이들은 광장의 축제와 놀이시설들이 있는 곳으로 함께 가자면서 나의 팔을 끌어당겼다.

"아냐, 괜찮아. 너희들끼리 갔다 와. 난 구경하고 있을게."

빙글 빙글 돌아가는 마차들과 현란한 불빛들이 모여 있는 그 곳에서 아이들이 노는 것을 지켜보면서 나는 걷잡을 수 없이 밀려드는 외로움과 쓸쓸함에 몸을 내맡겼다. 등을 토닥거리면서 껴안을 수 있는 아버지 어머니가 없다는 것, 낄낄거리면서 농담 따먹기를 할 수 있는 친구가 곁에 단 한 명도 없다는 것……. 1997년은 이제 겨우 시작이었고, 나는 아득히 멀리 떨어진 별들을 바라보면서 공허한 마음을 달래는 수밖에 없었다.

새해를 맞으면서 생긴 그 허전한 마음의 한 구석은 나의 활력과 명랑함을 어느 정도 앗아가긴 했지만, 그 후 며칠 동안 번 씨네 가족들과 함께 크롬웰 Cromwell 지방의 어느 캠프장에서 야영을 하면서 나는 다시금 기운을 되찾았다.

작은 집 한 채만한 커다란 텐트와 그 옆의 별장을 넘나들며 나는 점심이면 번 씨네 가족들과 함께 바비큐를 해먹었고, 낮에는 아이들과 자전거를 타면서 들판과 호숫가를 달렸다. 수영을 하고 수상스키를 즐기면서 나는 그래도 나 자신을 행운아라고 생각하며 막바지에 이른 나머지의 방학을 마음껏 즐겼다. 그러면서 나는 나의 고향인 한국 땅을 차츰 잊었다. 뉴질랜드는 과연 그 명성만큼이나 아름다웠고, 나는 그 속을 언제까지나 활보하고 싶었다.

이웃의 아이들

"야, 너 뭐야. 너만 방학 그렇게 잘 보내구! 우린 계속 집에만 있었어!"

어느 날 저녁 기술 전문대학에서 열린 팟-럭 티 파티 *Pot-luck Tea Party*에서 미진이 누나가 나를 보더니 약오르다는 듯이 한마디를 내뱉었다. 인버카길에서 한 발짝도 벗어나지 못해 보고 무미건조하게 새해를 맞이해야만 했던 미진이 누나와 태훈이에게 순간 미안한 마음이 들었다. 여름휴가의 묘미와 엑기스만을 한 마리 모기처럼 쪽쪽 빨아먹고 돌아온 내가 얄미울 법도 했다.

"저 아줌마 맞어……?"

"왜 그래? 너도 그 때 봤었잖아."

"애기가 둘이야?"

"남편과 이혼했어. 혼자 아이들을 키우고 있는데……. 피오나씨한테 다른 홈스테이 집 좀 알아봐 달라고 부탁하려고 그래. 태훈이도, 나도 힘들어서 이 집은……."

미진이 누나와 태훈이의 홈스테이 아주머니는 기다란 테이블에 뚜껑이 덮힌 노란 접시 하나를 내려놓았다. '팟-럭 티 파티' 라는 것은 각자의 집에서 요리를 하나씩 해와서 나누어 먹는 뷔페식 잔치였다. 그 날 저녁 사우스랜드 폴리테크닉의 한 강의실은 외국인 학생들을 돌보고 있는 홈스테이 가족들과 그 일원으로 속해 있는 젊은이들로 붐비고 있었다.

나는 라자냐 *Lasagna*요리를 해온 웬디 아주머니 옆에서 사람들과 인사를 나누면서 내 접시 위의 갖가지 음식들을 먹어나가고 있었다. 리처드 아저씨는 회사 일 때문에 조금 늦는다고 하셨지만, 다니엘라와 로셀은 저쪽에서 제 나이 또래의 여자아이들과 이야기를 하고 있었고, 재러드와 데이먼은 빙 둘러싼 의자들을 넘나들며 장난을 치고 있었다.

"안녕하세요! 저는 저기 앉아 있는 마치루의 호스트 엄마예요."

한 중년여성이 악수를 청하면서 우리 셋 앞에서 밝게 웃었다.

"아, 우리들도 함께 마치루와 영어공부를 하고 있어요."

마치루는 우리들이 휴게실로 들어서던 첫 날 21번째의 생일을 맞던 바로 그 일본인 여학생이었다.

"어디에서 오셨어요? 일본? 아니면……."

"한국에서 왔어요."

검은 머리와 황색 피부, 그리고 비슷하게 생긴 외모 때문에 그 아줌마는 우리 셋도 일본에서 온 것으로 짐작을 한 모양이었다.

한국의 이웃나라 일본……. 만약에 미진이 누나와 태훈이, 그리고 내가 일본인 학생들이었다면 인버카길 시내를 활보하면서 으쓱함을 느꼈을지도 몰랐다. 혼다 *Honda*와 토요다 *Toyota*, 미쓰비시 *Mitsubishi*, 마즈다 *Mazda*……. 온갖 일본 자동차와 전자 상표들이 건물들 높이 치솟아 있었고, 한국의 것이라곤 기껏해야 현대 자동차 간판이 겨우 한두 군데 있을 뿐이었다. 내가 구입했던 작은 기타 앰프도 일제 야마하 *Yamaha* 제품이었다.

그 강의실 안에는 일본에서 온 학생들이 더 많았지만 처음 보는 한국인 학생들도 몇몇 있었다. 일찍 어학코스를 끝내고 방학으로 이어지는 몇 주 동안을 다른 지방에서 보내고 온 나였기에, 인버카길의 한인학생들에 대해서는 미진이 누나와 태훈이가 더 잘 알고 있었다.

내가 다니게 될 JH고등학교에 이미 소속되어 있다는 한국인 남학생이 인버카길에 두 명 있었고, 그리고 이번에 나랑 같이 폼 파이브 *Form 5*로 들어가게 될 두 명의 한국인 여학생들이 있다는 사실을 나는 미진이 누나로부터 전해 들었다. 그 두 여자아이들도 팟-럭 티 파티에 와 있었다. 그래봤자 인구 5만의 인버카길 인구 중 한국인 학생들의 수는 우리 셋까지 합해도 기껏해야 열 명 안팎이었다.

"저어……. 한국에서 오신 분들이죠?"

목소리의 주인공은 빨간 모자를 뒤집어쓴, 피부가 까무잡잡한 한 청년이었다. 키는 작은 편에 속했지만 안정되고 웃음 빛이 도는 얼굴이 좋은 인상을 풍기고 있었다.

"여기 폴리테크닉에서 영어수업 받고 계시죠?"

"예……"

미진이 누나와 태훈이는 얼떨떨한 대답을 동시에 입 밖으로 내뱉었다.

"저도 가끔씩 영어 배우러 나가요."

"에? 그런데 한번도 만나 뵌 적이 없는 것 같은데……."

"아, 오후 시간에 학교 끝나고 잠깐씩 오느라구요. 그래서 아마 못 보셨을 거예요."

그 학생은 나와 같은 또래의 고등학생이었지만, 어딘지 몸이 불편한 듯했다.

"제가 목을 다친 적이 있어서요. 그래서 이렇게……."

그 아이는 마치 목에 깁스를 한 것처럼 머리와 어깨를 거의 같이 움직였다. 하지만 그는 내내 웃고 있었다. JH고등학교에 다니고 있다면서 그는 말을 이어나갔다.

"저 말고 또 한 명 있거든요? 근데 지금 어디 갔는지……. 어라?"

우리 모두는 그를 따라 두리번거리기 시작했지만, 한번도 본 적이 없는 사람을 알아볼 수는 없는 노릇이었다.

금속 소년

한참 음식을 먹다가 소변이 마려워 나는 팟-럭 티 파티의 강의실에서 나와 화장실을 찾았다. 화장실은 강의실의 맞은편에 있었다. 바로 옆 모퉁이를 돌아 한 사람이 벽에 기대고 서 있었지만, 나는 급한 마음에 미처 그것을 알아차리지 못하고 화장실로 급히 뛰어갔다. 내가 보이지 않던 그 사람과 마주친 것은 화장실을 나와 다시 강의실을 향할 때였다.

"저어……. 혹시 한국사람 아닌가요?"

한동안 나를 물끄러미 바라보더니 그 사람이 먼저 나에게 말을 걸었다.

"아, 예. 온 지 얼마 되지는 않았지만……."

"악수 한번 하죠."

건장한 체구의 그 학생은 무슨 일인지 강의실에서 나와 혼자 밖에 서 있었다. 조금 전의 한인 고등학생이 찾던 바로 그 학생이구나 하고 내심 생각하면서 나는 그와 악수를 했다.

"담배 한 대 피우실래요?"

"아뇨, 전 안 피웁니다. 폐가 좋지 않아서……."

나는 어정쩡하게 웃으면서 사양하는 손짓을 내보였다. 거구의 몸집에 쌍꺼풀이 뚜렷하게 진 그의 얼굴에는 어딘지 모르게 에너지가 넘쳐흘렀다. 하지만 그것은 결코 긍정적인 에너지만은 아니었다. 왠지 모를 어떤 슬픔이 깃든, 그러면서도 결코 어둡지만은 않은 그런 기이한 빛이 그에게서 뿜어져 나오고 있었다. 목까지 내려오는 긴 머리에 검은 조끼와 티셔츠, 그리고 검정색 청바지. 담배를 입으로 가져가는 그 아이의 팔뚝은 내 장딴지만했다.

"왜 안으로 안 들어가세요?"

"이런 자리가 별로 맘에 안 들거든요. 다른 한국 사람들 보기도 귀찮구……."

"안에 고등학교에 같이 다닌다는 한국 학생 한 분이 있던데요."

"하아, 그 새끼……!"

피식 웃으면서 그 아이는 담배연기를 한 차례 후욱 내뿜었다.

"친구 분 아니세요?"

"친구요? 아뇨. 그냥 같이 고등학교에 다니긴 하는데 알고 지내는 정도예요. 저 말고 유일한 또 한 명의 한국 학생이죠."

"JH고등학교에도 동양인은 별로 없나보죠?"

"예, 저희 둘 말고 일본에서 온 애 하나, 중국 여자애 한 명……."

약간 귀찮다는 듯한 말투로 그 아이는 눈동자를 굴렸다. 그러더니 그는 나에게 물었다.

"여기 폴리테크닉 다니는 한국 사람들 짜증나지 않아요? 재수 없는 형들이 좀……."

"예, 뭐 그런……."

어떻게 대답해야 할지 몰라 잠시 망설인 후에 나는 다시 입을 열었다.

"전 여기 어학코스 한 3주 정도 다니다가 수료증 받고 끝났거든요. 그래서 사람들을 잘은 알지 못하지만……. 맞아요, 좀 재수 없는 형들이 있죠."

그 말에 우리 둘은 서로 뭔가 통한다는 느낌으로 키득키득 웃기 시작했다.

"아 참, 그러고 보니 이름을 안 물어봤네요."

"아, 저는 정명훈……."

"지휘자랑 똑같네요?"

내 이름을 말하면 10명 중 8명은 꼭 이런 말을 했다.

"혹시 무슨 악기 연주하는 거 있어요?"

농담이 반쯤 섞인 물음이란 걸 나는 알고 있었다.

"2년 전부터 전자기타를 좀 치기 시작했어요. 얼마 전에 여기 뉴질랜드 와서도 한 대 샀죠."

"오우 잘됐네요! 전 이곳 친구들하고 밴드 하나 하고 있는데, 전 드럼 쳐요."

벽에 기대었던 어깨를 떼고 그 아이는 흥미롭다는 듯이 팔짱을 끼면서 씨익 웃었다. 내 나이 또래의 고등학생……. 왠지 우리 둘은 앞으로 서로 좋은 친구가 될 수 있을 것 같았다.

"이번에 JH고등학교 들어오시죠?"

"예, 폼 파이브로요."

"아, 저도 이번에 폼 파이브 올라가는데! 앞으로 학교서 또 만나게 되겠네요."

"참, 그런데 이름이?"

"박성민이요. 이곳 사람들은 저를 그냥 '팍(Park)' 이라고 부르죠."

부활

그 해 1월, 18살이 된 지 13일 뒤인 1월 27일, 나는 인버카길 JH 고등학교의 폼 파이브로 입학하면서 두 번째로 얻은 고등학생으로서의 새 삶을 시작했다.

새로운 출발점에 선 긍정적인 의욕과 투지를 가진 사람들의 마음들이 그러하듯이 나 역시 새롭게 충전된 내 마음속의 희망과 기대의 바구니 속에 온갖 설렘을 담기 시작했다. 베녹번 스쿨을 끝으로 중단되어 버렸던 진정한 재미와 활력 속의 학습들. 푸대접받지 않는 예체능 활동에의 참여와 무궁무진한 능력계발의 기회들……! 나는 부풀대로 부풀어 오른 기대와 넘쳐나는 자신감에 으쓱거리면서 번뜩이는 눈으로 JH고등학교에 발을 들여놓았다.

번 씨네 집에서 도보로 20분가량 걸리는 거리에 있는 그 고등학교의 개학과 동시에 내가 입학하던 그 첫날, 웬디 아주머니는 다니엘라와 로셀과 나를 학교에까지 차로 데려다 주었다. 다니엘라는 나와 같은 폼 파이브, 그리고 로셀은 폼 쓰리이었다.

그리고 그 첫 등교 일에 나는 학교의 대강당에서 일종의 신고식을 치렀다. 그것은 새로 입학한 학생들, 그 중에서도 특히 해외에서 건너온 나 같은 학생들을 교사들과 학생들에게 소개하기 위한 환영식이었다.

　JH고등학교의 대략 천 명쯤 되는 전교생들이 모두 큰 강당에 모여들었고, 나를 포함한 다섯 명의 외국인 학생들은 교장선생님의 안내를 받아 무대 위에 놓여진 철제 의자에 나란히 자리를 잡고 앉았다. 한국인 여학생들 두 명과 유럽에서 온 것으로 보이는 남학생 두 명. 저 아래 어딘가에는 일전의 팟-럭 티 파티에서 만난 그 한국인 학생이 앉아 있을 것이 확실했고, '곽' 도 있을 것이 분명했다. 웅성거리던 수백 명의 재학생들은 교장선생님이 단상의 마이크에 다가서자 일제히 입을 다물었다.

　"자아, 여러분 모두들 방학 잘 보내셨나요? 오늘은, 멀리 외국 땅에서 이곳 우리 JH고등학교까지 와서 공부하게 된 새로운 얼굴들을 소개하려고 합니다. 한 명씩 나와서 자기 이름을 말하고 어디에서 왔는지 여러분들에게 가르쳐 줄 때, 여러분들은 뜨거운 환영의 박수로 보답해 주시기 바랍니다."

　무대 옆에는 커다란 세계지도가 걸려 있었고 우리들은 한 명 씩 차례로 마이크 앞으로 나아가 이름과 국적을 밝혔다. 그리고는 지휘봉으로 출신 나라를 세계 지도에서 가리켰다. 노르웨이와 영국, 그리고 한국. 맨 마지막 순서였던 나는 '마크 정' 이라는 이름과 JH고등학교에서 공부하게 되어 기쁘다라는 소감을 짤막하게 밝히고 마지못해 한국을 세계지도에서 집어냈다. 세 번씩이나 찍힘을 당했던 한국. 지도에서 잘 보이지도 않는 코딱지만한 코리아를 나는 할 수만 있다면 찍고 싶지 않았다.

　다채롭고 이색적인 39개의 교과목들 중에서 무엇을 수강신청

할까 하는 그 즐거운 선택의 기로에 서서 나는 온몸을 전류처럼 흐르는 기쁨의 짜릿함에 몸을 내맡겼다. 그리고 처음으로 드디어 제대로 내 인생이 풀리는구나 하는 생각에, 안락하고 구김 없는 인생 길을 내어준 운명에게 감사를 표했다.

험난하고 모질게만 느껴졌던 K초등학교와 K중학교 시절, 그리고 적응에 참담하게 실패했던 F고등학교……. 나를 그런 환경 속에 끌고 다니셨던 어머니 아버지와 선생님들의 얼굴들이 그 속에서 녹아 내려갔고, 대신 그 자리에는 싱그럽고 따뜻한 꿈들이 새롭게 피어났다.

대학에서나 봄직한 미술사, 고대 철학, 디자인 기술, 경제학, 지질학, 법학, 간호학, 정보처리와 같은 과목들의 개요와 안내를 받아보면서 나는 뉴질랜드의 한 고등학교가 선보이는 선진국형 교육의 메뉴에 입맛을 다시며 두 손을 비볐다. 그리고 세계의 진정한 대세와 함께 하는 고품질의 교육에 발을 담근, 적어도 누리끼리하고 후진 한국의 촌티 나는 똘마니 교육과는 멀리 떨어져 있다는 나 자신을 귀하게 바라보며, 옛날 루이 14세나 했을 법한 그런 자세로 콧대를 높이 치켜들었다.

겉으로는 웃으면서 신입생 담당교사에게 겸손하게 묻기도 하고 옆에서 함께 수강 신청을 하는 두 한국인 여학생들과도 이야기를 나누던 나였지만, 내 안에는 반드시 크게 성공해서 뭔가를 보여주겠다는, 그리고 한국으로부터 당한 고통에 복수를 하겠다는 그런 새까만 저의가 여전히 맴돌고 있었다. 뉴질랜드를 향하는 비행기를 타고 왔을 때의 그 각오에는 조금도 변함이 없었다.

2월부터 본격적으로 JH고등학교에서 영어와 수학, 역사, 그래픽스(제도법), 컴퓨터, 체육과 일본어 수업을 들으면서 나는 근 2년 만에 다시 이어지는 수업시대를 열어나가기 시작했다.

대부분의 학생들은 나보다 1년 혹은 2년이 어렸는데, 성민이라는 아이도 그때까지만 해도 아직 16살이었다. 그렇지만 나보다 훨씬 앞선 뉴질랜드 생활의 선배였기에 나는 그를 마치 형처럼 생각하며 대우해 주었고, 막 시작하는 뉴질랜드 고등학교 생활에서 여러 모로 그에게서 많은 도움을 받았다. 서로 다른 폼 파이브 교실에 속해 있었지만 알고 보니 컴퓨터와 체육 두 과목을 같이 들었고, 메탈음악을 좋아한다는 공통분모가 있었기에 우리 둘은 급속도로 친해졌다. 자전거로 5분 정도 떨어진 그의 홈스테이 집에서 매일 아침 만나 나는 그와 함께 등교를 했고, 점심을 같이 먹었으며 하교할 때도 그와 함께 교문을 나섰다.

난파선

영어 시간에 발표를 할 뉴질랜드 개척기의 마오리 *Maori* 족에 대한 자료를 인버카길 시 도서관에서 찾아들고 돌아온 어느 날, 집에 와보니 커다란 나무 상자가 내 방문 앞에 놓여져 있었다.

"마크, 한국에서 뭐가 온 것 같은데?"

"아, 내 컴퓨터!"

"받아놓고선 뭔지 몰라서 궁금했었는데, 참! 그리고 이것도……."

웬디 아주머니는 화장실 옆의 계단 모퉁이에 놓여져 있던 흰색 꾸러미 하나를 건네주었다. 엄마한테 보내달라고 했던 악보책들. 그 속에는 작은 엽서 한 장이 들어 있었다.

명훈아! 늦게 보내서 미안하구나. 배로 보내면 한 달 이상이 걸릴 것 같아서 DHL로 빠르고 안전하게 보낸다. 모든 부품들이 제대로 다 들어 있는지 모르겠구나. 엄마 아빠는 내일 모레 뉴질랜드로 떠난다. 마타마타의 크리스탈 스프링스 *Crystal Springs*에서 한 달 정도 있다가 김진관 아저씨네 들러서 아빠 강연회 일정으로 미국 갈 예정이니까, 우리가 인버카길로 내려가든지 네가 올라오든지 해서 그 전에 언제 한번 만나자. 마타마타 전화번호 남겨놓을 테니까 오후 6시 이후에 전화해서 우리들 바꿔달라고 해라.

1997년 2월 16일 엄마 아빠가

지역번호(98) - 7654 - XXXX

컴퓨터를 설치하고 나서 오후 내내 나는 데이먼과 재러드와 함께 로드 러너 *Lode Runner*게임을 하면서 놀았다. 그리고 저녁식사 후에 나는 북쪽 섬에 계실 부모님께 전화를 걸었다.

"네, 크리스탈 스프링스 다이애나입니다."

"아, 여보세요? 거기 혹시 앤드루 아니면 에스더 정이라는 분 계십니까?"

"잠시만요……."

한참을 기다리면서 나는 옆에 세워져 있던 전자기타의 현들을 하나 둘씩 건드렸다. 이윽고 수화기를 드는 소리가 덜커덩거리며 들려왔다.

"……여보세요?"

"어, 엄마?"

"오, 그래! 명훈이니?"

"지금 전화해도 괜찮은 시간이지?"

"응, 괜찮아. 컴퓨터하고 책은 무사히 갔니? 뭐 빠진 거 없고?"

"어……. 다 잘 왔어. 엄마 아빠 거기서 뭐 하는 건데? 온천이야?"

"아, 옆에 온천 휴양지도 있는데 우린 여기 YWAM 훈련 프로그램 때문에 온 거야. 이거 4월 중순쯤에 끝나면 김진관 아저씨네서 한 일주일 있다가 미국으로 갈 거야. 너 언제 주말에 시간 나면 비행기 타고 한번 놀러와."

"학교 일 땜에 바빠 갖구……. 참, 내 책 어떻게 됐는지 알아? 저번 주에 출판사에서 연락이 와서 나머지 추가로 보내달라는 글들 써서 그림들하고 같이 팩스로 보냈었는데."

"아빠가 잘 처리했어. 출판사에서 책 나오면 너한테 바로 보내준다고 했으니까 걱정 말구. 우리도 아직 못 봤지만, 참! 이번 신동아 2월호에 네 글이 한 30페이지 정도 실렸거든. 그래서 여러 군데서 인터뷰 요청을 해왔는데 그쪽 집 전화번호 알려줬으니까 그렇게 알고 있어. 어떻게 학교생활은 잘하고 있니?"

"당연하지, 나를 뭘로 보는 거야 엄마는?"

"친구들은 좀 사귀었니?"

"어, 여기 성민이라고 하는 좋은 한국인 친구 한 명 만났어. 동양인들이 별로 없는데 우리 학교에……. 나까지 다섯 명?"

"뭐 힘들고 그런 거 없지? 나는 네가 나쁜 길로 빠져들까 봐 그런 게 조금 걱정이 돼."

"뭐라구? 그런 걱정을 왜 해, 여기에 무슨 마약이 있어 뭐가 있어?"

"아니 뭐……. 난 네가 잘할 거라고 믿지만 다른 애들 때문에 네가 물들까봐 그러지. 걔 누구라고 했지, 성근이? 성민이? 담배피고 뭐 나쁜 짓 하고 다니는 그런 애 아니지?"

곁에서 늘 든든한 친구이자 보디가드처럼 멋지게 웃는 성민이를 알지도 못하면서 엄마는 자신의 윤리적 잣대를 내세우고 계셨다.

"참 나……. 엄만 알지도 못하면서 진짜. 나쁜 짓? 나쁜 짓이 뭔데! 성민이 걔가 얼마나 좋은 앤데!"

나는 주체하지 못하는 짜증에 갑자기 열을 올렸다.

"그건 그렇구, 나 차 언제 사줄 거야? 나보다 어린 이 집 딸도 면허 가지고 있는데……. 책 나오면 돈도 조금 나올 거 아냐? 이번 여름에 면허 따 볼 테니까 엄마……."

"차? 학생이 그런 게 왜 벌써부터 필요해? 명훈아……"

계속해서 이어지는 엄마의 목소리는 조금 떨리고 있었다.

"미진이 누나랑 태훈이는 잘 지내고 있지?"

"몰라. 요즘은 나 학교 다니고 그러느라 예전처럼 잘은 못 만나고, 영어 잘 배우고 있겠지 뭐. 저번에 보니까 홈스테이 집 옮겼던데……."

"미진이 누나와 태훈이 좀 잘 도와줘. 너야 영어 잘하니까 불편한 거 없겠지만 걔네들은……"

"알았어 엄마. 알았어! 내가 알아서 잘할 테니까 걱정 좀 하지마! 하이구, 하여튼……. 끊어! 내가 혹시 올라갈 수 있게 되면 그때 또 전화할게!"

"그래……."

이번 주의 수학 시간에 선생님께서 내주시던 문제를 모두 맞춘 나였는데. 역사 시간에 영화 '마이클 콜린스' 를 보고 나서 영국과 아일랜드의 관계에 대한 역사공부를 하면서 하루하루 등록금 아깝지 않게 열심히 생활하고 있는 나였는데…….

'타락이 뭐고 탈선이 도대체 뭔데!'

성민이는 여자애들이랑 자본 경험이 여러 차례 있는 아이였고, 그와 나는 짓궂은 여자 이야기들과 잡담들을 노골적으로 주고받곤 했었다. 사실 그의 침대 밑에는 야한 잡지들도 여러 권 있었다.

'하지만 그렇다고 해서 우리가 남에게 막대한 피해를 주기라도 했던 걸까? 삶의 표준이라는 게 있기라도 하나? 사람이라는 게 항상 밝고 명랑할 수만은 없고, 생각이 언제나 100% 순수할 수만은 없잖아? 비록 남들 앞에서는 상냥하게 웃고 바르게 행동해도, 모두들 집에 돌아가면 저마다의 본연의 지저분한 구석을 풀어놓으면서 사는 것 아니었나?'

나는 온갖 짜증스러움에 범벅된 불만을 긁어 버리기 위해서 판테라 *Pantera*의 '더 그레이트 써던 트렌드킬 *The Great Southern Trendkill*' CD를 컴퓨터에 집어넣었다. 그리고나서 나는 곧 이어 악마를 부르는 듯한 비명에 가까운 음악에 두 팔을 괴물처럼 하늘로 높이 치켜들며 그 금속성의 리듬에 혼을 맞추었다.

물속의 사람들

2월이 저물어갈 무렵 인버카길은 갑자기 잔치와 축제의 분위기에 휩싸였다. 그것은 인버카길 스타디움 옆에 들어선 올림픽 표준의 시립 수영장이 완공됨에 따라 번져가기 시작한 분위기였는데, 스포츠를 좋아하고 또 중요시하는 이곳 사람들의 성격인지 문화 때문인지는 몰라도, 내가 만나는 모든 사람들은 그 수영장이 열리기를 학수고대하기라도 했는지 들떠 있는 모습들이었다. 그렇게 느끼게 된 데에는 다니엘라가 수영선수라는 점도 큰 작용을 했지만, 그보다도 그 수영장이 개장된 이래로 번 씨네 집을 오가기 시작한 수많은 사람들 때문이었다.

수영선수들, 수영클럽의 회원들, 그리고 사우스랜드 수영협회의 임원들로 번 씨네 집의 응접실과 거실, 그리고 복도는 수시로 붐볐다. 리처드 아저씨가 왕년에 수영선수였고, 지금도 가끔씩 수영코치로 활동한다는 사실을 나는 그때 알았다. 내 방은 현관의 오른쪽에 있었기에 나는 사람들이 오고가는 모습을 커튼 사이로 지켜보았고 거실과 응접실로, 날씨가 좋은 날에는 뒷마당의 넓은 잔디밭으로 음식과 음료수, 바비큐 재료 등을 나르면서 번 씨네 가족들을 도왔다.

종종 어른들은 내 방을 지나가면서 전자기타와 컴퓨터가 있는 것을 보고는 내게 기타를 한번 쳐볼 것을 적극 요청했는데, 나는 미디드럼과 베이스에 맞추어 사람들 앞에서 연주를 해보았다. 재러드와 데이먼은 소리를 지르며 나의 팔과 목에 매달렸고, 리처드 아저씨와 웬디 아주머니는 미소를 지으면서 마치 친자식을 바라보는 그런 따뜻한 표정으로 나를 바라보았다.

그러나 그렇게 사람들 속에 섞여 웃고 먹고 마시다가도 화장실에 가서 이를 닦고 세수를 할 때면……. 나는 갑작스런 정적에 휩싸여 가만히 거울 속의 나를 한동안 바라보았다.

'나의 검은색 머리와 황색 피부. 저 사람들의 파란 구슬 같은 눈동자, 툭 튀어나온 이마와 깊숙이 자리 잡은 눈들. 금빛 톤의 갈색 머리들…….'

그들은 나에게 말을 걸었고, 나는 전혀 흔들림 없는 유창한 영어로 사람들과 대화를 나누었다. 그리고 그들은 내가 들려주는 한국에 대한 이야기들과 생각에 고개를 끄덕이며 때로는 웃기도 하고 때로는 심각한 표정들을 지었다. 하지만 그 속에서 나는 언제나 외국인이요, '코리아'라는 나라에서 온 이방인이었다.

나는 그 벽을 뛰어넘어 완전히 뉴질랜드의 한 부분으로서 그 사람들과 섞이고 싶었다. 이 외모 때문에 짊어져야 하는 국제적 명찰, 누리끼리한 한국인이라는 껍질……. 할 수만 있다면 나는 지나가는 뉴질랜드 사람과 '영혼 바꿔치기'라도 하고 싶었다. 그렇지만 그런 소원을 이루게 해줄 알라딘의 램프 따위가 존재할 리 없었다.

수영선수들과 손님들이 다 가고 난 뒤에 나는 부엌으로 그릇들과 먹다 남은 음식물들을 날랐다.

"마크? 괜찮아요? 어디 안색이 안 좋은데……."

리처드 아저씨가 응접실에서 부엌으로 이어지는 통로에서 걸어 나오는 나를 유심히 보면서 물었다.

"아뇨, 그냥 조금 피곤해서 그런……. 어젯밤에 다음 주 수요일 영어 시간에 발표할 자료들 정리하느라고 잠을 많이 못 잤거든요."

"유학 와서 열심히 공부하는 것도 좋지만, 너무 그렇게 스스로를 몰아가지 마요. 그리고 이건 비밀인데……."

리처드 아저씨는 마치 장난이라도 계획하고 있는 꼬마아이처럼 거실 쪽을 빼꼼 살펴보더니 곧 낮은 목소리로 말을 이어나갔다.

"……다니엘라하고 로셀의 학교성적, 별로 좋지 않아요. 재러드와 데이먼도 만만치 않지."

리처드 아저씨가 낄낄거리며 웃자 나도 덩달아서 웃었다. 그 때 갑자기 다니엘라가 부엌으로 쳐들어오자 우리 둘은 순간적으로 심각한 얼굴들을 지었다.

"뭐가 그렇게 웃겨요?"

다니엘라는 리처드 아저씨와 나를 번갈아 보더니 자신도 슬쩍 웃었다.

"아빠, 내 물안경 줄이 끊어져서 그러는데, 내일 내가 학교 가 있는 동안에 하나 좀 구해다 줄 수 있어?"

"그래, 내일 나도 수영장 나가봐야 하니까 스포츠 가게 들렀다가 그리로 갈게."

"그리고 나 내일부터 카트리나하고 로렌이랑 지옥 주*Hell Week*에 들어갈 거니까 오늘은 일찍 잘 거예요."

그렇게 말하고 나서 다니엘라는 제 방으로 뛰어 올라갔다.

"지옥 주가 뭐예요?"

"일주일 뒤에 새 수영장에서 사우스랜드 수영대회가 열리거든. 아이들이 훈련기간 막바지의 맹훈련에 들어가면서 하루에 100~200

바퀴씩 도는 걸 갖다가 지옥 주라고 부르지."

나는 놀란 가슴으로 고개를 끄덕였다. 나한테는 5바퀴도 숨에 벅찼다.

"참, 이번에 열린 수영장에서 내가 관리를 맡고 있는데, 거기 전광판 컴퓨터를 제대로 만질 줄 아는 사람이 없거든. 마크, 컴퓨터 잘 다루지 않니?"

"그냥 조금, 남들 하는 만큼이요……."

"내일 혹시 학교 끝나고 나서 시간 좀 내줄 수 있겠니? 한번 가 봐서 할 수 있을 것 같으면 당분간 그 수영장에서 나랑 같이 일 좀 해주었으면 좋겠는데."

"예, 내일 학교 끝나고 자전거 타고 바로 갈게요."

"그래? 잘 됐구나. 거기서 일하게 되면 내가 수영장 1년 자유이 용권 끊어다 줄게. 그리고 코치는 내가 해주마. 하루에 많이도 말 고 한 500바퀴씩만 돌자구, 어때?"

우리들은 한바탕 또 배를 움켜잡으면서 웃었다.

그 다음날부터 나는 수영장 트랙을 넘보는 조종실에 앉아 전광 판에 그림과 종목 표시, 그리고 기록들을 올리는 일을 터득해가면 서 리처드 아저씨와 일을 하기 시작했다.

검은 장막

3월 초부터 슬슬 하늘을 뒤덮기 시작하던 먹구름은 수시로 부 슬비를 뿌렸고, 습기가 많은 날씨는 매일 아침마다 짙은 안개를 몰고 왔다. 사우스랜드 수영대회를 며칠 앞둔 그 날도 오전부터 조금씩 비가 내리고 있었다.

붉은 색 학교 지붕으로부터 똑똑거리는 빗방울들이 떨어져 내리고 있었고, 내가 앉아 있는 기다란 나무의자의 한쪽 끝은 촉촉하게 비로 젖어 있었다. 오전 수업이 끝나면 늘 만나는 장소인 D건물 앞의 피크닉 테이블에서 나는 성민이를 기다리고 있었다.

"싸랑해 명훈이 형!"

저만치에서 다가오면서 성민이는 씨익 웃었다. 성민이는 구질구질한 이런 날씨에도 전혀 감정의 흔들림이나 수축이 없는 듯했다. 그는 항상 즐거운 표정이었다. 뭔가를 고민하거나 시무룩해하는 모습의 그를 나는 본 적이 없었다.

"아, 진짜. 어쩌면 인간들이 그럴 수가 있냐."

성민이는 자신의 점심이 든 봉투를 터억 내려놓으면서 내 옆에 앉았다. 그의 육중한 무게에 나무의자가 불안하게 삐걱거렸다.

"왜 무슨 일인데?"

"엊그저께 대환이 형네서 우리들 가고 난 뒤에 무슨 일이 있었는지 알아?"

이틀 전에 나는 성민이와 태훈이, 그리고 함께 JH고등학교를 다니고 있는 두 명의 한국 여학생 중 한 명인 선윤이라는 여자아이와 함께 대환이 형의 자취방에서 맥주와 음료수, 과자 등을 마시고 먹으면서 저녁시간을 보냈었다.

"……몰라."

"선윤이랑 대환이 형이 했대."

"둘이 같이 잤단 말야?"

"말이 돼 그게? 하아, 대환이 형……. 내가 폴리테크닉에서 어학코스 밟을 때에 대환이 형 그렇게 안 봤는데."

"누구한테서 들었는데?"

"태훈이가 어젯밤 전화로 그러더라구. 어학원에서 형들이 하는 얘기를 들었다고……. 참나, 어떻게 나이 차이가 그렇게 나는데……. 징그러운 것들."

성민이와 나는 각자의 점심을 꺼내어 먹기 시작했다.

"형, 내가 카페테리아에서 민스 파이 *Mince Pie* (속에 고기가 들어있는 빵) 두 개 사왔는데 하나 먹을래? 저번에 형이 편의점에서 담배하고 포테이토 칩 사줬으니까, 헤헤."

비를 피해 바쁘게 지나다니는 학생들과 곳곳에 고여드는 빗물을 바라보면서 우리는 한동안 말없이 샌드위치와 과자, 과일 그리고 민스 파이를 먹었다.

"명훈이 형, 여자의 거기는 무슨 맛이 나는 줄 알아?"

갑작스런 그의 적나라한 물음에 나는 먹고 있던 음식물들을 '켁' 하고 토해냈다.

"야! 너……!"

점심을 다 먹은 성민이는 손을 털면서 짓궂게 웃고 있었다.

"여자의 거기는 있잖아 건……."

"됐어……. 그만 해."

"에이 뭘? 형도 속으로는 좋으면서 히히. 형 아직 여자랑 안 해봤지?"

"……"

말이 없는 긍정이라는 걸 성민이는 알고 있었다.

"걔, 형하고 같은 스트리트에 사는 은영이라는 애 있잖아. 같이 자자고 하면 좋아하면서 달라 붙을 걸? 창녀야 걔는."

몇 안되는 한국인들……. 성민, 선윤, 은영, 그리고 나. 왠지 그 말을 듣는 순간 인버카길의 모든 것이 다 일그러져 보였다. 하늘의 검은 장막은 당장이라도 우리 모두를 덮쳐 버릴 것만 같았다.

성민이는 갑자기 주변을 살펴보기 시작했다.

"어라? 내 책! 아이고, 교실 의자에 내가 그냥 두고……!"

벌떡 일어나더니 성민이는 시계를 찬 왼쪽 손목을 들여다보았다.

"형 있잖아. 나 찾아 가지고 올 테니까 먼저 교실에 가 있어. 내 가방도 좀 부탁할게. 알지? 오늘은 체육관 수업 아닌 거? 바로 갈게!"

그러면서 성민이는 떨어지는 비를 맞아가면서 헐레벌떡 어디론가 뛰어갔다. 점심시간이 10분 정도 남아 있었다. 나는 주섬주섬 봉투와 포장지 등을 모아 옆의 쓰레기통에 버리고는 두 개의 책가방을 양어깨에 짊어졌다. 성민이의 책가방은 생각보다 훨씬 더 무거웠다. 나는 우산을 펴 들고 슬슬 B동 건물로 향하는 보도를 걷기 시작했다. 갑자기 증가하기 시작하는 학생들의 인파 속을 지나가면서 나는 간혹 얼굴에 묻는 물기를 닦아냈다. 그 때였다.

"쟤, 정말 머리 크다 그치?"

"얼굴도 웃기게 생겼잖아."

두 명의 여학생들이 한 우산을 쓰고 지나가면서 곁눈질로 나를 찔렀다. 나보고 일부러 들으라고 한 소리였나. 나는 멀어져 가는 그 두 명의 키득거리는 뒷모습을 바라보면서 가방을 다시 둘러맸다.

"형, 많이 젖었네? 우산 안 쓰고 다녔어?"

성민이가 옆자리에 앉으면서 물었다. 나는 잔뜩 구겨진 얼굴을 한 채 아무런 대답을 하지 않았다.

"왜 그래? 아까 내가 한 말 때문에 삐졌어? 아잉……. 싸랑해 명훈이 형."

"성민아, 조금 전에 여자애들 두 명이……."

나는 그에게 방금 일어났던 기분 나쁜 일을 이야기했다.

"그 XX년들……!"

성민이는 의자를 박차고 일어나면서 교실 밖을 내다보았다.

"누구야 걔네들? 형, 걔네들 얼굴 기억해? 하아, 열 받네 씨발……. X만한 것들이!"

"성민아, 앉아. 괜찮아. 난 괜찮다구……."

하얀 편지

"그렇지, 마크. 잘했어. 종목 표시는 조금 있다가 애들이 출발점에 설 때 올리면 돼. 다음은 어디 보자……. 400미터 접영."

사우스랜드 수영대회의 열기 속에서 나는 리처드 아저씨와 열심히 전광판과 수영선수들을 바라보면서 바쁘게 키보드를 두드렸다. 경주를 펼치는 늘씬하고 날렵한 수영선수들을 바라보면서 나는 나대로 땀을 흘렸다.

"이번에는 다니엘라가 출전하는 경기구나."

경기시작을 알리는 벨소리가 울리자 다니엘라를 비롯한 선수들이 일제히 물 속으로 뛰어들었다. 한 바퀴씩 돌며 400미터가 점점 채워져 가자 리처드 아저씨는 손톱을 물기 시작했다.

"저게 누구지? 저 선수가? 쟤 수영 꽤 잘하는데."

리처드 아저씨는 껄껄 웃으면서 다니엘라가 1등을 하면서 밖으로 올라오는 모습을 보며 대견스럽다는 표정으로 농담을 건넸다. 그 때 나는 전광판에 경기기록들과 3등까지의 레인 번호를 올렸다. 그리고 장난삼아 "축하해요 다니엘라!"라는 글씨를 살짝 띄웠다. 슬슬 웃으면서 걸어오던 다니엘라는 전광판을 보더니 급히 조종실로 뛰어오기 시작했다.

"저거 뭐예요! 누가 저런 거 했어요!"

다니엘라는 나를 쳐다보지 않았다. 그녀는 빨개진 얼굴로 리처드 아저씨만을 바라보면서 소리를 질렀다. 영문을 모르는 리처드 아저씨는 그제서야 살짝 컴퓨터 화면을 살폈다.

"아……. 내가 마크보고 하라고 그랬다."

머리를 긁적이면서 리처드 아저씨는 마치 엄마한테 혼이 나는 아이처럼 수줍은 웃음을 띠웠다.

"우리 딸이 1등한 게 기뻐서……. 내가 장난 좀 쳤다."

"그런 게 어딨어요! 창피하잖아요. 저 많은 사람들이 다 보고 있는데! 다시는 그런 짓 하지 말아요."

나한테도 화가 나 있다는 걸 알 수 있었다. 다니엘라는 조종실 유리창을 쾅하고 닫았다.

"죄송해요 아저씨. 내……."

"괜찮다 마크. 쟤가 요즘 대회 준비하느라고 예민해져서 저러는 거야. 나라도 너처럼 그렇게 했을 거다."

사우스랜드 수영대회가 끝나고 나서 나는 자전거를 타고 혼자 집으로 돌아왔다. 리처드 아저씨와 웬디 아주머니를 비롯한 번 씨네 가족들은 인버카길 수영클럽 회원들, 그리고 선수들과 함께 저녁을 먹고 온다고 그랬다.

하루 종일 컴퓨터 화면을 바라보면서 실수를 하지 않기 위해 신경을 곤두세웠던 터라 내 몸은 지칠 대로 지쳐 있었다. 성민이를 불러서 놀고 싶지도, 미진이 누나나 태훈이한테 전화를 걸고 싶지도 않았다. 집에는 아무도 없었고 외부세계와 단절이 되어 있다는 그런 소외감이 온 집안을 가득 메웠다. 나는 저녁도 챙겨 먹지 않고 곧바로 내 방으로 들어갔다. 그리고는 노트와 연필을 꺼내 편지 한 통을 썼다. 그 편지를 나는 2층의 다니엘라 방의 책상 위에 살짝 올려놓았다.

하늘색 친구들

월요일의 오전 수업이 끝나고 나서 나는 카페테리아 앞의 잔디밭을 넘보는 벤치에 자리를 잡았다. 웬디 아주머니가 싸준 샌드위치는 먹을 수 없을 만큼 흐물흐물하게 눅어 있어 나는 간단히 민스 파이와 음료수로 배를 채우고는 테니스와 농구를 하는 아이들을 구경하기 시작했다.

"저기……. 우리 여기 앉아도 되니?"

갑자기 어디선가 나타난 두 명의 여학생들이 물었다.

"내 이름은 에이미 라고 해, 그리고 얘는 크리스틴."

"……안녕."

그 아이들은 나와 대화를 나누려고 시도하고 있었다. 나에게 먼저 말을 건넸던 뉴질랜드 학생은 지금까지 역사 시간에 늘 내 옆자리에 앉는 영국에서 온 케이트 한 명뿐이었다.

"난 다니엘라의 친구야. 얘는 내 친구고."

금발 머리를 깨끗하게 뒤로 묶은 에이미라는 애가 조심스럽게 말을 꺼냈다. 왠지 나는 그 아이의 눈을 쳐다보기가 껄끄러웠다.

"다니엘라네 집에서 홈스테이 하고 있다고 해서……. 걔한테서 얘기를 들었어. 어때? 이곳 학교생활은 좀 할 만 하니?"

"응. 그럭저럭 괜찮아. 아직까지 친구들은 그리 많지 않지만……."

나는 더 말하려고 입을 열었다가 마음을 바꿔먹고 다시 입을 굳게 닫아 버렸다.

"우리 학교에 좀 나쁜 애들이 있지? 사람들이……."

"조금은……. 동양인들을 싫어하는 학생들이 있는 것 같긴 해."

나는 억지로 웃으면서 건조하게 대답을 했다.

"난 그런 애들 정말 이해할 수가 없어. 그치 에이미?"

처음으로 크리스틴이라는 애가 입을 열었다.

"가끔씩 다니엘라가 우리집에 놀러 오는데. 네가 자기 동생들하고 잘 놀아준다고 그러더라. 실은 다니엘라가……. 엊그저께 수영장 일은 자기도 미안했다고 전해달래. 그래서 왔어. 기집애, 자

기가 직접 와서 미안하다고 그러지. 걔는 왜 그런 걸 가지고 화내
는지 몰라?"

"맞아, 나 같으면 뭐 그냥⋯⋯."

"아냐, 그건 내가 잘못한 거야. 내가 잘못했지 정말⋯⋯."

나는 손가락들을 꼼지락거리면서 두 발을 앞으로 죽 폈다.

"그게 뭘?"

"마크라고 그랬지 이름이? 앞으로 우리들을 친구처럼 생각해.
힘든 거 있으면 우리가 도와줄게."

저 앞에서 뛰노는 뉴질랜드 학생들을 에이미와 크리스틴과 함
께 말없이 지켜보면서 나는 엷은 미소를 지었다.

미래소년 '고난'

"마크, 이건 또 뭐죠? 이것도 한국에서 온 것 같은데⋯⋯. 조금
있다가 저녁 먹으러 나와요, 오케이?"

나는 웬디 아주머니로부터 받아든 두껍게 포장된 무거운 상자
를 들고 방으로 뛰어 들어왔다.

'정명훈 귀하. S출판사.'

나의 책이었다. 긴장된 마음으로 가쁘게 뛰는 심장을 가다듬으
면서 나는 포장을 뜯어내고 파란 표지의 책 한 권을 그 속에서 끄
집어냈다. 그러나 곧 나는 그 책을 바닥에 떨어뜨렸다. 그리고는
침대 위로 얼굴을 파묻으면서 두 주먹을 부르르 떨었다. 나의 배
신. 뉴질랜드에 가 있는 것을 비웃는 듯한 소리 없는 웃음들이 상

자 속의 나머지 9권의 책들로부터 흘러나오고 있었다.

"마크, 뭐가 온 거예요? 악보 책들이 더 왔나요?"

웬디 아주머니가 궁금하다는 듯이 식탁에 와서 앉는 나에게 물었다.

"아뇨……. 제가 뉴질랜드 오기 전에 썼던 책이……."

나는 검은 모자를 푹 눌러쓰면서 데이먼 옆에 자리를 잡고 앉았다.

"책이요? 책 썼어요 마크? 어디 한번 봅시다."

리처드 아저씨가 놀라는 눈으로 나를 쳐다봤다. 데이먼과 재러드, 그리고 다니엘라와 로셸은 접시에서 눈을 떼며 방금 지나갔던 대화를 미처 못 들었다는 듯이 얼굴을 들었다. 나는 마지못한 마음을 애써 감추며 방에서 책 한 권을 들고 돌아왔다.

"우와……. 대단하네요 마크! 그 나이에 책도 다 쓰고."

저녁을 먹다 말고 거실로 나온 웬디 아주머니는 내 책을 살펴보면서 감탄을 연발했다.

"무슨 내용이에요? 뭐 소제목들은 영어로 조금씩 씌어 있긴 하지만……."

"한국 학교와 선생님들에 대해서 제가……."

아이들도 어느새 엄마 주위에서 기웃거리고 있었다.

"어디 작가랑 악수 한번 해봅시다."

리처드 아저씨는 꾸벅 허리를 굽혀 인사하면서 나의 손을 청했다.

"뭐라고 써 있어요, 엄마?"

로셸이 살짝 발뒤꿈치를 들며 웬디 아주머니의 어깨를 붙잡았다.

194

"글쎄다? 마크한테 물어보렴."

"어쨌든 정말 멋져요 마크. 근데 난 배가 고파서 이만⋯⋯. 축하해요!"

로셀은 다시 식탁으로 후다닥 뛰어갔다. 나는 왠지 모를 부담을 느껴 로셀을 따라 다 식탁으로 가자고 제안했다. 번 씨네 가족은 저녁 내내 나를 축하해주며 칭찬을 아끼지 않았지만, 나는 불편한 마음으로 계속 어색하게 웃어가면서 모자를 자꾸만 고쳐 썼다.

방에 돌아와서 나는 곧 바로 부모님께 전화를 걸었다.

"엄마!"

"명훈이니? 웬일로 전화를 다 했니? 너 연락 안 하는 게 취미잖아."

"뭐야 지금! 엄마 날 비꼬는 거여?"

"왜, 무슨 일 있니? 엄마 아빠 여기서 잘 지내고 있다."

"내 책 오늘 도착했어."

"오, 그래? 잘 나왔니?"

"모르겠어⋯⋯."

나는 침대 위에 어지럽게 나뒹굴고 있는 책들을 바라보다가 아래로 눈을 내리깔았다.

"엄마 아빠 다음 주에 인버카길로 내려갈까 생각중이야. 어때, 괜찮아?"

"이쪽으로 온다고? 안 돼, 오지 마. 내가 그리로 갈게."

"왜? 뭐가 어때서? 너도 만나고 네 책 나온 것도 보고, 미진이 누나랑 태훈이도 만나 봐야 하지 않겠어?"

"아냐, 오지 마. 내가 간다니까 엄마."

"왜, 너 뭐 숨겨두고 싶은 거라도 있어?"

"아니……."

나는 확실히 무언가를 숨기고 있었지만, 그것이 정확히 무엇인지는 집어낼 수가 없었다.

"너 무슨 문제 있어? 뭐 나쁜 짓 한 거 있니?"

"그런 거 아냐! 그런 거 없어. 또 짜증나게 하지 마, 엄마!"

"이 놈 새끼 오냐 오냐 하니까 정말……."

그리고는 뚝하고 전화가 끊어졌다.

나는 탁자 위에 두 손을 올려놓고는 눈을 치켜들어 거울 속의 나 자신을 바라보았다. 며칠 동안 감지 않은 머리에서는 비듬이 생겨나고 있었고, 나의 한쪽 눈은 벌겋게 충혈이 되어 있었다. 무엇 때문에 그토록 가슴이 공허하고 뒤숭숭했는지. 왜 그리도 책이 불만스럽고 내가 혐오스럽게 느껴졌는지……. 나의 머리는 온통 그 해답을 찾아 혼란의 거미줄 속을 휘저었다.

침대 위에 어지럽게 흩어져 있는 그 책들을 힘없는 눈으로 바라보면서 나는 나의 현 위치를 신중하게 되짚어 보았다. 뉴질랜드에 첫 발을 들여놓던 4개월 전까지만 해도, 아니 JH고등학교에 입학하던 불과 40일 전까지만 해도 나는 지금과는 생각하는 것이 달랐고, 인생으로부터 바라는 것도 달랐다.

솔직히 말해서 나는 어머니 아버지가 보기 싫었고, 한국이라는 범주 속에 들어가는 모든 것들에 대한 혐오감을 가지고 있었다. 그렇다고 해서 지금은 그런 마음이 약간이라도 누그러들고 없어지기라도 했느냐, 그것도 아니었다.

어머니가 전화를 끊은 그 순간에도 나는 여전히 예전의 나 자신을 맴돌고 있었다. 한국으로 돌아가고 싶은 마음은 손톱만큼도 없었고, 뉴질랜드 생활이 조금 울퉁불퉁해지기 시작하는 듯해도 나는 그것을 극복해낼 자신이 있었다. 극복해내고 싶었다.

하지만 어딘지 모를 그 중간 지점에서, 뉴질랜드와 한국 사이의 커다란 인생의 숲 속에서 나는 그만 길을 잃어 부모님과 친구들의 손을 놓쳐 버리고 만 것 같았고, 그 공허함이 나의 가슴을 가득 메웠다. 그리고 그 틈새를 파고들면서 책을 쓴 과거의 분리된 내 자신이 끊임없이 나에게 싸움을 걸어왔다.

모래 피부

"여러분들도 아시다시피 제 이름은 마크 정입니다. 저는 한국에서 왔구요, 뉴질랜드에는 지난 11월 20일에 왔습니다. 이제 한 달 넘게 JH고등학교에 다니고 있는데, 저는 오늘 여러분들께 한국에 대해서 조금 말씀드릴까 합니다."

수요일 영어수업 시간에 한 명씩 교실 앞으로 나와서 5분씩 원하는 주제로 발표를 하는 시간에 나는 내가 할 수 있는, 내가 해야만 할 것 같은 주제를 가지고 입을 열기 시작했다. 스무 명쯤 되는 학생들은 모두 나를 주시하고 있었고, 영어 선생님인 미세스 존스는 뒤에서 채점을 하고 있었다.

"제가 한국에 대해서 언급하고 싶은 것이 한 가지 있다면, 그것은 바로 교육입니다. 한국은 교육에 대한 열기가 무척이나 높습니

··· 뉴질랜드 JH고등학교에서

다. 하지만 그 교육이라는 것은 이곳 뉴질랜드에서 말하는 그런 교육과는 상당한 거리가 있습니다. 이곳에서는 체육과 미술, 음악 같은 과목들이 인기가 높고, 또 다른 과목들 못지않게 중요시됩니다. 그러나 한국의 학교에서는 그런 과목들은 거의 무시를 당해요. 한국의 중·고등학교 아이들은 보통 저녁시간이 다 되어서야 집으로 돌아갑니다. 제가 다니다가 자퇴한 한국의 한 고등학교는 밤 10시가 되어서야 끝났어요.”

곳곳에서 ‘설마!’ 하는 탄성들이 터져 나왔고, 아이들은 짐짓 커지는 눈동자들 속에서 놀람을 표시했다. 나는 바닥을 잠시 내려다보다가 다시 말을 이어나갔다.

“미국에서 어린 시절을 보냈던 저로서는 그런 것들이 너무나 견디기 힘들었어요.”

198

앞줄에 앉아 있던 몇몇 아이들은 공감한다는 표정으로 고개를 끄덕였다.

"덕분에 영어는 잘하게 되었지만 그런 환경에 적응을 해나간다는 것은 너무나 고통스럽고 힘든 일이었어요. 그래서 저는 한국에서 고등학교를 그만 두고 이곳 뉴질랜드로 왔습니다. 이곳에서도 힘든 일은 있고, 외국인으로서 또 겪게 되는 어려움도 없지 않아 있지만, 저는 이곳 생활을 만족스럽게 즐기고 있습니다……."

발표가 끝나고 내가 가볍게 경례를 하자 학생들은 박수를 쳐주었다.

"잠깐만요 마크. 한 가지 궁금한 게 있는데, 여기 뉴질랜드에 오기 전까지 그럼 한국에서 몇 년을 산 거죠?"

존스 선생님은 들고 계시던 채점표를 넘기면서 나에게 물었다.

"거의 한 8년 가까이 있다가……."

"그동안 힘든 학교생활을 하느라 참 고생 많이 했겠네요."

"네 조금……."

조금이라는 상투적인 단어를 말하는 그 짧은 순간이 왜 그리도 길게 느껴지는지 몰랐다.

"어쨌든 우리 학교에 와서 공부하게 된 것을 축하해요. 발표는 아주 잘했어요. 여러분들 중에 혹시 마크한테 질문하고 싶은 사람 없나요?"

몇몇 아이들이 손을 들었다.

"저기요 밤 9시까지, 뭐 저녁 늦게까지 그렇게 학생들이 학교에서 지낸다고 하셨는데……. 그럼, 학생들은 그 시간에 뭘 하면서 지내나요?"

"공부합니다. 엉덩이를 의자에 붙여 놓고 시험 같은 걸 준비하면서 공부를 하죠. 거의 하루 종일 공부만 한다고 보시면 됩니다."

"자퇴하셨다는 그 고등학교 혹시 아침 10시에 끝나는 거 아니었어요?"

반 전체가 웃음으로 가득 찰 때 나는 미소를 지으면서 일종의 카타르시스를 느꼈다. 가차없이 짓밟히고 놀림거리가 되는 한국의 학교들과 지금도 저녁 늦게까지 불이 켜져 있을 F고등학교를 생각하면서, 나는 왠지 모를 희열이 '쏴아' 하고 온몸을 오르는 것을 느꼈다. 그 순간 한국에 대한 내 마음속의 응어리들이 더 이상 내 가슴속에 맺혀 있지 않고, 한국으로 가서 철썩 달라붙는 듯한 느낌이 들었다. 그 교실 속에서 한국은 비참하게 짓뭉개져가고 있었고, 뉴질랜드 학생들의 손가락질을 받고 있었다. 6학년 때 내가 담임선생님으로부터 첫 날에 당했던 그런 모욕을 받는 것처럼, 한국은 그 자리에서 온갖 쪽팔림을 당하고 있었다. 바로 내가 고놈의 한국을 혼내주고 있었다.

"정말 잘하신 것 같네요. 이곳 JH고등학교로 온 거요……."

"그런 학교들이 존재한다는 게 믿어지지 않아요."

수업이 끝나고 가방을 챙길 때 지나가던 몇몇 아이들이 미소를 지으면서 한마디씩을 건넸다.

이단자

"저기, 혹시 마크 정이라는 학생……. 아!"

학교의 사무를 보는 듯한 여직원 한 명이 막 교실을 나서려는 나를 막았다.

"마크 정 학생이죠? 저 좀 따라 오실래요? 부교장 선생님께서 지금……."

"지금 수학수업이 있는데요."

"아, 제가 이미 샌드버그 선생님에게 말씀을 드렸어요. 조금 늦게 들어간다구요. 별로 오래 걸리진 않을 거예요."

본관을 향해 나는 그 여직원과 함께 걸어갔다.

"엘더 선생님, 마크 정이라는 학생을 데려왔습니다."

"아, 그래요 마크!"

푹신푹신한 의자에서 한 여자 분이 일어나면서 나를 반겼다. 창가 쪽에는 커다란 카메라를 무릎에 올려놓고 있는 여기자가 한 명앉아 있었다.

"저는 홈스테이를 하고 있는 학생들과 국제 학생들을 담당하고 있는 제이 엘더라고 해요."

어리둥절한 표정으로 나는 부교장 선생님과 악수를 나누었다.

"학생이 수업을 하는 동안 미세스 번께서 다녀가셨어요. 학생이 책 냈다는 얘기를 하시면서 이 책을 제게 건네주시더군요."

어젯밤에 웬디 아주머니한테 드린 나의 책이었다.

"하지만, 그건 한국어로 된 책인데요?"

"그게 무슨 상관입니까? 우리 학교에 저자가 있다는 것은 충분

히 자랑할 만한 일이잖아요? 그래서……. 마크 학생이 지금 수업
이 있다는 것을 알면서도 간단하게 인터뷰를 하고 또 사진을 찍기
위해서 이렇게 불러냈어요. 괜찮죠?"

엘더 부교장 선생님은 나의 등에 손을 올려놓으면서 기자가 앉
아 있는 테이블 쪽으로 나를 안내했다. 나는 약간은 불안하고 초
조한 마음으로 기자의 수첩과 카메라를 바라보았다.

"한국에서 오셨죠?"

"예……."

"이름이 마크 정이라고 하셨는데, 정이……."

"아, 씨 에이치 유 엔 지입니다."

"책을 쓰게 된 동기하고 간략한 내용을 좀 말씀해주세요."

나는 왠지 불편했다. 나의 몸에서 빠져나와 다른 사람이 되어
나 자신을 바라보는 듯한 그런 이상한 느낌이 들었다.

"제가 어린 시절을 미국에서 보내고 나서 조국인 한국 땅으로
돌아와서 적응하는 그런 내용을 담았습니다. 주로 학교생활과 한
국 교육에 대한 이야기들입니다. 하지만 보시다시피 저는 한국사
회에 적응하는 데에 실패를 하고 말았고, 이렇게 이곳 뉴질랜드로
왔죠……."

나는 웃어가면서 말을 계속 이어나갔다.

"특히 선생님들에 대한 이야기들을 많이 썼습니다. 한국 선생
님들은 학생들을 때리고 험한 말도 서슴없이 하거든요. 개인적으
로는 그런 선생님들에게 우리 학생들이 당한 고통을 되돌려주고,
좀 더 나은……. 그런 한국 사회가 되길 바라는 마음에서 책을 썼

습니다."

내가 이야기하는 한국 선생님들에 대한 묘사를 들으면서 부교
장선생님과 기자는 무척이나 놀란 표정으로 가슴에 손을 얹으면
서 탄성을 내질렀다.

하지만 나는 진정 하고 싶은 말은 쏙 뺐다. 좀더 나은 한국 사
회? 아니, 나는 책 속에서 가차없이 한국을 내리치고 짓밟고 싶었
다. 하지만 나의 책은 내가 원하던 저항정신이 느껴지는 그런 책
이 결코 아니었다. 나의 책 《당신은 나의 선생님이 될 수 없어요》
는 손과 발이 잘린, 어린이들이나 봄직한 그런 편집으로 재구성
된, 덜 성숙된 나의 뇌아(腦兒)였다.

조금 더 긍정적인 냄새를 풍기게 하고자 출판사에서는 많은 개
작과 삭제를 감행했고, 그런 출판사의 요청에 나는 억지로 쓴 긍
정적인 분위기의 글들을 막바지에 이곳 뉴질랜드에서 팩스로 보
냈었다.

'밝은 내일이 보여요.'

어떤 소제목은 그렇게 바뀌어져 있었다. 아니다. 한국에는 밝은
희망이 보이지 않아서 나는 이곳 뉴질랜드로 온 것이었다. 그런 진
심을 숨긴 채 나는 플래시가 터지는 카메라를 몇 번씩이나 바라보
며 사진을 찍었고, 그리고 그 다음날 사우스랜드 신문의 인버카길
지역 면에는 책을 세워놓고 웃는 나의 얼굴사진과 기사가 실렸다.

사우스랜드 신문에 내 기사가 그렇게 실린 날, 점심 때 오카너
교장선생님과 엘더 부교장선생님은 JH고등학교에 다니는 모든
한국인 학생들을 한 방으로 불러모아 나를 축하해주는 작은 파티

를 열어주었다. 성민이는 "싸랑해 명훈이 형!"을 장난스럽게 외쳐대며 나를 껴안았고, 나와 그다지 친하지 않은 목이 불편한 그 아이도 나를 축하해주었다. 나와 같이 들어온 두 명의 한국 여학생들도 그때 그 자리에 있었다.

나는 내 본 모습을 모두로부터 완벽하게 숨기고 웃으면서 그 책을 기쁨으로 받아들였다. 그 때가 1997년 3월 10일. 뉴질랜드의 날씨는 그 어느 때보다 더 청명한 가을빛을 띠고 있었다.

그 날 새벽에 인버카길 수영장에서 리처드 아저씨가 끊어준 1년 이용권으로 수영을 하고 나서 재어본 나의 몸무게는 75kg, 그로부터 정확히 일주일 뒤에 재어본 나의 몸무게는 63kg였다.

도화선

햄 샌드위치 2개와 스윗-앤-싸워 포테이토 칩, 그리고 오렌지 주스를 가방 속에 잘 집어넣고 나는 헬멧을 들고 차고로 향했다. 다니엘라와 로셸은 10분 전에 그들의 자전거를 타고 먼저 떠났고, 재러드와 데이먼은 거실의 텔레비전을 보면서 웬디 아주머니가 차 타러 가자고 부를 때를 기다리고 있었다. 나는 자전거에 올라타고는 성민이네 집을 향해 부지런히 페달을 밟았다.

자전거와 헬멧을 교문 앞의 자전거대에 묶어 놓고 성민이와 나는 각자의 폼 파이브 교실로 들어갔다. 있다가 점심시간에 늘 만나는 그 피크닉 테이블에서 기다리고 있겠다고 내가 그랬다. 오전의 마지막 수업인 일본어 시간이 끝나고 나서 나는 약속대로 D동

건물 앞의 피크닉 테이블에서 성민이를 기다렸다. 그 때 근처에서는 서너 명의 아이들이 나를 힐끗힐끗 바라보고 있었지만, 나는 그들을 대수롭지 않게 여겼다.

일본어 수업이 평소보다 일찍 끝나서 그런지 10분 정도 시간이 남아 있었다. 나는 볼일을 보러 D동 건물 안의 화장실로 들어갔다. 안에는 아무도 없었고, 나는 5개의 변기 중에서 가운데 것을 택했다. 얼마 지나지 않아 화장실 밖 복도에서 수업이 끝난 아이들의 소란이 둔탁하게 들려오기 시작했다. 그 때였다. 화장실의 문이 갑자기 벌컥 열리면서 빠른 발자국 소리들이 들려왔다.

'꽤나 급했었나 본데?'

얼굴을 씨익 찡그리면서 나는 아랫배에 힘을 주었다. 두세 명의 그림자가 요란하게 내 문 앞에서 서성거리기 시작하더니 갑자기 내 머리통을 무엇인가가 콱하고 내리쪘었다. 돌멩이가 반쯤 채워진 플라스틱 500ml 콜라병이 바닥을 나뒹굴었다. 화장실 밖으로 급하게 새어나가는 발자국 소리들과 낄낄거리는 웃음들. 나는 급히 뒤처리를 하고 콜라병을 집어 들고는 그들을 쫓아가기 위해서 변기 칸의 문을 쾅하고 열어 젖혔다.

"이봐 노란 원숭이! 똥 다 쌌냐?"

변기 칸 뒤의 작은 창문 틈새 사이로 몇몇 아이들이 소리를 지르고 있었다. 확 돌아서서 나는 얼른 그들의 얼굴들을 살피기 위해 창의 틈새 사이로 허리를 굽혔다. 그러나 겹겹이 위로 난 유리 창문 사이를 뚫고 밖을 내다볼 수는 없었다.

"돌아가! 너처럼 병신 같이 생긴 외국인은 필요 없어!"

"죽을라구 저것들이……!"

마치 오락실 게임 속의 무슨 캐릭터처럼 나는 극에 달한 분노 게이지를 쾅하고 터뜨리면서 밖으로 뛰쳐나갔다. 하지만 이미 늦은 때였다. 그 아이들은 온데 간데 없었고, 각 동 건물들에서 흘러나오는 학생들만이 우르르 사방에서 몰려다닐 뿐이었다. 그들은 돌멩이가 든 콜라병을 들고 흥분해서 서 있는 나를 알 수 없다는 눈으로 바라보았다.

"명훈이 형! 뭐 해 그런 거 들고?"

다가오는 성민이를 쳐다보면서 나는 애써 끓어오르는 분노를 삭였다. 그리고는 그에게 방금 벌어졌던 상황을 조용히 이야기했다.

"그 XX놈들……!"

성민이는 콜라병을 내 손으로부터 낚아채며 그의 긴 머리카락을 사방으로 휘날렸다.

"누구야 그놈들? 형, 걔네들 얼굴 기억해?"

"어쩌면 첨에 밖에 서 있었던 애들인 것 같기도 해. 하지만 제대로 못 봤어, 못 봤어……."

"하아, X만한 것들이 죽을라고 아주 환장을 했어, 이 씨팽 것들이!"

성민이는 사방을 둘러보면서 콜라병을 손으로 찌그러뜨렸다. 나는 양팔을 허리에 대고 깊은 한숨을 내쉬었다.

"형, 머리는 다치지 않았어? 괜찮아?"

"아니, 안 괜찮아……. 이번에는 나, 그냥 물러서지 않는다. 나……. 가서 따질 거야."

나는 화장실에서 가방을 들고 나와 잔뜩 화난 마귀처럼 본관 건물로 걸어가기 시작했다. 성민이는 옆에서 나와 보조를 맞추었다. 콘크리트 운동장에 모여 있던 아이들은 우리가 빠르게 걸어오는 것을 보면서 겁에 질린 표정으로 길을 내주었다. 나는 정말로 그들이 겁에 질려 있었으면 하고 바랐다. 그 순간에 나는 그 장소에 있던 모든 뉴질랜드 학생들의 머리통을 모조리 콘크리트 바닥에 으깨 버리고 싶었기 때문이다.

막자사발

"정말 슬픈 일이에요, 그런 학생들이 우리 학교에 있다는 건."

JH고등학교 상담원인 타이리 씨는 절절한 나의 이야기를 듣더니 이윽고 말을 꺼내기 시작했다.

"이 학교 학생들 중에는 아직 한번도 인버카길을 벗어나 보지 못한 애들도 많아요. 그래서 동양인들에 대한 이유 없는 적대감정을 품는 아이들이 있어요. 그런 못되고 비인간적인 행동을 하는 아이들이 우리 학교에 다니고 있다는 사실은 정말……. 마크라고 하셨죠? 이번에 신문에 나온?"

"……"

나는 말없이 고개만을 끄덕이면서 유리문 건너편을 바라보았다. 성민이는 밖에서 팔짱을 낀 채 천장을 바라보고 있었다.

"교장선생님과 부교장선생님께서도 이 이야기를 들으시면 많이 안타까워하실 텐데……. 정말로 가슴 아픈 현실이에요. 그런……."

"어떻게 하면 좋을까요?"

나는 아까보다는 조금 가라앉은 마음으로 한숨을 내쉬면서 물었다.

"글쎄요……. 일단은 교장선생님께 말씀을 드려서 전체 학생들이 다음에 강당에 또 모일 때 얘기를 하시도록 해볼게요."

"다른 아이들도 이런 일을 당하나요?"

"이곳 원주민 마오리 출신 아이들도 종종 놀림을 당해요. 하지만 이렇게까지 하는 건 정말……."

"저랑 같이 이 학교에 다니고 있는 나머지 한국 애들도 이런 일로 찾아온 적이 있냐구요?"

"음, 저도……."

타이리 씨는 상체를 의자에서 다른 쪽으로 옮긴 다음 낮은 목소리로 계속 말을 이어나갔다.

"아마 있겠지요. 말을 하지 않는 것일 수도 있지만. 학생처럼 그런 일을 당하고 나서 이렇게 이야기하러 오는 것도 알고 보면 상당한 용기가 필요한 일이에요. 희망을 잃지 마세요. 그리고 너무 그렇게 기분 나빠하지 마시구요……. 오늘 꼭 홈스테이 부모님과도 대화를 해보세요. 알겠죠?"

이어지는 수학 시간 그리고 역사 시간 내내 나는 시무룩하게 기운이 빠져 앉아 있었다. 선생님이 무엇을 가르치시는지, 건너편에 앉아 있는 아이들의 그늘진 눈동자가 어디를 향하고 있는지, 나는 알지 못했다.

"마크, 무슨 일 있니? 오늘따라 얼굴이 좀 안 좋다."

역사수업이 끝나자 케이트가 가방을 챙기면서 말을 건넸다.

"아니……. 오늘은 좀 그런 일이 그냥……."

"여기 아이들이 또 뭐라고 그랬지?"

케이트는 고개를 옆으로 기울이며 연민과 이해가 가득 담긴 그녀의 파란색 눈동자를 내게 향했다. 나보다 키가 10cm는 더 큰 케이트. 뚱뚱하지만 그만큼 몸집이 거대했고, 영국에서 온 시골소녀답게 또 순박했고 포근했다.

"나도 여기 처음 입학했을 때 많이 놀림을 당했어. 내 엉덩이가 좀……. 크잖아?"

케이트는 피식 웃음을 터뜨렸다.

"그리고 처음에는 영국식 억양 때문에 애들이 그런 걸 가지고 또 많이 놀렸거든. 그런데 지금은 뭐……. 감쪽같지?"

"후……."

"시간이 지나면 괜찮아질 거야. 네가 여기 온 지 얼마 안되서 그래. 이번에 운동회도 끝나고 앞으로 친구들도 하나 둘씩 사귀기 시작하면……. 학교 생활도 그런 대로 할 만 할 거야."

집에 돌아와서 그러나 나는 아무에게도 그 날 일어난 일을 이야기하지 않았다. 북쪽 섬에 계실 부모님께 전화를 걸어 이야기를 꺼내기도 찜찜했다. 어머니랑 저번에 싸웠던 일이 아직도 내 마음속에 걸려 있었기 때문이다.

무엇보다도 나는 불과 두 달도 채 안된 고등학교 생활에서 벌써부터 삐걱거리고 있다는 사실을 부모님께 알리고 싶지 않았다. 두

손으로 지끈거리는 머리를 감싸 안으면서 나는 입술을 더욱 굳게
다물었다.

탈피

이튿날 아침, 나는 웬디 아주머니가 싸주신 샌드위치를 들고 자
전거를 슬슬 길가로 내몰기 시작했다. JH고등학교로 등교하는 붉
은 색 교복의 아이들 두 명이 길 건너편에서 바쁘게 자전거 페달
을 밟고 있었고, 그들을 바라보면서 나 역시 슬슬 학교로 향하기
시작했다. 아직은 등교하는 학생들이 별로 없었다.

그러나 큰 대로에 들어선 지 얼마 지나지 않아 나는 자전거를 정
반대 방향으로 돌리면서 두 발을 땅에 딛고 헬멧을 고쳐 썼다. 학
교에 갈 생각은 애초부터 없었다. 그 날은 결석을 할 생각이었다.

맨 처음의 갈래 길에 다시 이르러서 나는 잠시 멈추어 섰다. 번
씨네 가족의 분홍집이 어렴풋이 그 모습을 드러냈다. 리처드 아저
씨와 웬디 아주머니, 그리고 아이들이 아직 집안에 있는 것 같았
다. 나는 재빨리 길을 가로질러 예전에 미진이 누나와 태훈이와
함께 기술 전문대학에서 영어공부를 하러 다닐 때의 그 내리막길
로, 그 숲 속의 공원 쪽으로 신속하게 내달렸다.

상쾌한 푸른 공기를 들이마시며 나는 너무나도 오랜만에 들어
보는 그 하얀 자갈길의 '쿠르르' 하는 소리에 즐거운 귀를 기울였
다. JH고등학교의 학생들이 그들의 자전거를 타고 하나 둘씩 반대
방향으로 지나갈 때마다 가슴이 찔끔거리긴 했지만, 나는 학교를

가고 싶지 않다는, 하루만 어떻게든 건너뛰고 싶다는 내 안의 악동을 당해낼 수가 없었다. 내일 학교에 나가면 어제는 몸이 좀 아파서 못 나왔다고 할 생각이었다.

나는 공원의 화장실에서 사복으로 갈아입었다. 그러나 갈 곳을 딱히 정할 수가 없어서 나는 미진이 누나와 태훈이를 만나보기 위해 기술 전문대학으로 일단 목표를 정했다. 아직 영어회화 수업이 시작될 시간은 아니었다.

"야, 너 명훈이 여기 왜 왔어!"

"어, 명훈이 형!"

휴게실 밖 창문으로 내 모습을 보더니 미진이 누나와 태훈이가 웃으면서 뛰어나왔다. 얼마 전에도 봤었는데 마치 1년 만에 다시 만나는 듯한 그런 느낌이 들었다. 마치루도 휴게실에서 나와 계단을 넘보는 담벼락에 팔을 기대며 반갑다는 미소를 지었다.

"오, 마크! 오랜만이네요. 학교생활은 재미있어요?"

"아……. 뭐 그럭저럭."

나는 약간의 억지스런 웃음을 지어보였다. 이번 주만큼은 결코 재미있는 학교생활이라고 할 수가 없었다. 하지만 천진난만한 얼굴의 마치루. 그녀는 열심히 영어를 배우면서 뉴질랜드 생활을 즐기고 있는 듯했다.

"앨리스랑 대니랑 우리집에 언제 한번 놀러 와요. 맛있는 거 해줄게. 오케이?"

나는 말없이 미소를 지으면서 고개를 끄덕였다. 마치루는 싱글벙글 웃으면서 옆에 있던 미진이 누나와 손장난을 잠시 파다닥 치더니 다시 휴게실로 들어갔다.

"누나랑 태훈이는……. 어때, 잘 되어가고 있어?"

"응……. 괜찮아. 이제는 조금 히어링도 되는 것 같구, 재미있어."

"형은 어때? 고등학교 생활할 만해?"

태훈이가 들뜬 눈으로 나에게 물었다. 태훈이도 영어 코스를 다 마치면 JH고등학교에 들어갈 예정이었다.

"어, 괜찮아. 그런대로 재미있어. 하……."

"야, 너 근데 오늘 학교 안 가니? 쉬는 날이야?"

미진이 누나가 순간 내 말을 가로막았다.

"후우……. 아니. 나 오늘 하루 떵겨 먹을라구……. 히히."

"에이그, 너 그러면 안 되는 거여."

나는 머리를 긁었다. 우리 셋 다 웃었다.

"그냥……. 어제 실은 조금 안 좋은 일이 있었는데, 그것 때문에……."

"혹시 걔 성민이랑 관계된 일이야?"

"아니."

"무슨 일인데 그래? 말 좀 해봐, 궁금해 죽겠잖아."

나는 주위를 두리번거렸다. 길 건너편에는 예전에 늘 점심 때 사먹던 포테이토칩을 팔던 편의점이, 그리고 그 앞을 자동차들이 쇄액 쇄액 지나가고 있었다. 휴게실 안에는 일본인 학생들과 한국인 학생들이 서로 깔깔대고 웃으면서 곧 시작될 영어 수업들을 즐겁게 기다리고 있었다.

'나도 계속 여기에 남아 있었더라면……. JH고등학교에 들어가지 않고 조금만 더 여기 기술 전문대학에 남아 미진이 누나와 태훈이랑 계속 영어공부를 하고 있었더라면……!'

나는 손에 쥐고 있던 헬멧의 끈을 불끈 쥐었다. 내 안에는 물결치는 쓰라림과 그에 맞서 몸부림을 치고 있는 자존심이 서로 뒤엉켜 싸우고 있었다.

"아니야. 별 거 아닌 일이야."

"형도 당했구나? 여기 오다가 '고 홈, 고 홈'?"

"아니. 그런 거 아냐. 그게 뭐 별거냐?"

"맞어, 그냥 무시해 버리는 거지 뭐 그런 놈들은……."

몇 초의 어색한 고요함이 우리 모두를 덮쳤다.

"가끔씩은 그래도 집에 가고 싶지 않냐, 태훈아. 정말로 그들 말대로……."

"명훈이 형, 왜 그래? 형답지 않게!"

"야, 네가 그러면 우리들은 어떻게 해? 니가 함께 여기에 있으니까 우리가 그나마 조금 마음이 놓이지……."

미진이 누나와 태훈이는 그래도 서로가 있었다. 남매지간으로 묶어진 가족이라는 끈이 있었다.

"야, 우리 들어가 볼게. 힘 좀 내."

오전 9시를 알리는 종소리가 기술 전문대학 내의 캠퍼스에 울려 퍼졌다.

"알았어, 누나……."

"명훈이 형, 언제 농구나 하러 가자. 다까 불러서 같이 농구하자고 그러자."

"응. 그래, 내가 연락할게."

미진이 누나와 태훈이가 강의실로 통하는 문을 열고 수업에 들어가는 모습들이 유리창 너머로 보였다.

나는 헬멧을 다시 쓰고 시내 쪽으로 페달을 굴리기 시작했다. 혼자서 하루 종일 인버카길 시내를 돌아다니면서 나는 아이스크림을 사먹었고, 은행에서 찾은 돈으로 음악 테이프와 CD, 그리고 서점에서 잡지와 소설책들을 사보면서 그런 것들로 나의 공허한 마음을 달래보고자 했다.

피노키오

공원 화장실에서 다시 교복으로 갈아입은 후에 나는 보통 학교가 끝나는 시간에 맞추어 집으로 돌아왔다. 거실에서 재러드와 데이먼이 TV를 보는 소리를 방패 삼아 나는 현관문을 조심스럽게 열고 살금살금 방으로 슬그머니 들어왔다.

나는 시내에서 잔뜩 사온 물건들을 가방에서 꺼내 하나 둘씩 침대 위로 내던졌다. 밖에서 누군가가 똑똑 문을 두드리는 소리가 난 것은 그때였다. 나는 침을 한번 꿀꺽 삼켰다. 웬디 아주머니가 방문을 열면서 커튼이 드리워져 있는 어두운 내 방에 발을 들여놓았다.

"마크, 오늘······. 지금 학교 다녀온 거예요?"

"······예."

나는 가방을 책상 위에 가만히 내려놓았다.

"학교에서 담임선생님이 오늘 안 나왔다고 해서……. 정말 학교 다녀온 거 맞아요, 마크?"

"사실은요……."

"괜찮아요 마크, 얘기해도 괜찮아요."

"몸이 좀 안 좋아서 오늘 결석을 했어요. 학교 가려다가 그냥……."

웬디 아주머니는 방이 너무 어둡다고 느꼈는지 커튼을 열었다. 오후의 태양 빛이 방안을 환하게 비추었다.

"마크, 그러면 나한테 말을 하고 집에서 쉬는 편이 훨씬 좋았을 텐데, 하루 종일 그럼 뭐 했어요?"

"공원하구 시내 돌아다니면서 이것저것……."

"마크……."

웬디 아주머니는 고개를 옆으로 저으면서 입가에 약간의 웃음 빛을 띄웠다. 나는 고개를 숙인 채로 아무 말도 하지 않았다.

"마크, 내일 아마도 학교 나가면 학생과로 불려갈 거예요. 무단 결석은……. 무단결석은 안 되는 거예요. 알았죠?"

"네……."

"푸욱 쉬고, 있다가 저녁 먹으러 나와요 마크. 맛있는 오렌지 치킨 해놓을 테니까."

웬디 아주머니는 내 팔을 한번 툭 두드리시고는 방을 나가셨다.

빨간사과

"마크라고 했죠?"

다음날 나는 모든 수업이 끝나고 나서 엘더 부교장선생님의 방 건너편에 있는 미스터 우드의 사무실로 불려갔다. 미스터 우드는 JH고등학교의 교칙과 규율, 그리고 학생들의 생활지도를 담당하는 교사였다.

"마크 학생을 미세스 존스와 샌드버그 선생님께서 칭찬을 많이 하시던데……. 이번에 한국에서 책을 낸 그 학생이죠?"

"네……."

"마크, 미안하지만 어쩔 수가 없어요. 교칙이라는 게 있어서……. 엘더 부교장선생님께서도 요전에 마크 학생이 당한 그 화장실 사건에 대해 들으시고는 무척 안타까워 하셨는데, 저도 그렇고……. 사실 하루 결석한 것 가지고는……."

마치 연민을 자극해서 징계를 면하려고 하는 사람인 것처럼 우드 씨가 나를 보는 듯한 인상이 들어 나는 순간 언짢은 기분이 들었다.

"빠져나갈 생각은 없어요. 벌을 달게 받겠습니다."

나는 두 무릎 위에 양손을 올려놓았다. 우드 씨는 심각하게 경직되어 있는 나를 보시더니 활짝 미소를 지었다.

"아니에요, 마크. 걱정하지 않아도 돼요. 뭐 특별한 게 아니고……. 그냥 모든 수업이 끝난 다음에 이쪽 본관 건물 복도로 오면 돼요. 학교 교지에다가 팜플렛 끼워 넣는 작업을 하게 될 거예요. 조금 늦게 집에 가게 되는 것, 그게 전부예요."

그날 오후 학생들이 전부 교문 밖으로 빠져나가기 시작할 무렵 나는 미스터 우드의 안내를 받고 본관 앞의 정원이 내다보이는 기다란 유리창을 낀 복도로 갔다. 그 곳에는 수북하게 쌓인 교지들이 놓여 있었고, 두 명의 여학생들이 바쁘게 분홍색 팜플렛들을 끼워나가고 있었다.

"여기 이 애들하고 같이 일하다가, 다 끝나면 집에 바로 가도록 해요, 마크."

여자아이들은 나를 잠시 쳐다보더니, 기다란 책상 위로 말없이 교지 한 뭉치를 내 앞으로 스윽 밀어주었다. 그들이 하는 것을 따라 나도 부지런히 일을 해나가기 시작했다. 한동안 긴 정적 속에서 종이를 넘기는 소리들만이 들려왔다. 얼마 후 그 두 명의 여자아이들은 귓속말로 서로 뭔가를 주고받더니 그 중 한명이 나에게 말을 걸었다.

"저기……. 너 이번 학기에 우리학교로 들어온 해외 학생 중 한명이지?"

"응."

"그 때 개학하는 날, 강당에서 본 것 같아. 어디지? 코리아에서 왔다고 그랬었나?"

나는 다소 불편한 표정으로 말없이 고개를 끄덕였다.

"학교 다니기 힘들지? 만약에 홈스테이를 한다면 가족도 없을 테구……."

"걔 누구지? '꽉' 이라는 애. 걔도 코리아에서 오지 않았나? 맞지?"

이번에는 옆에 있던 또 다른 여학생이 말을 건넸다.

"······너희들은 왜 걸렸니?"

나는 화제를 바꾸고 싶은 마음에 엉뚱한 질문으로 대답을 대신했다. 그 두 여자아이들은 유쾌하게 웃었다.

"우리? 나는 화장을 너무 진하게 하고 왔다고 해서 걸렸구, 얘는 수업시간에 껌을 씹다가 걸렸어. 웃기지 않니?"

그 아이들은 마냥 기분이 좋은 듯했다.

'그래, 너희들은 뉴질랜드 학생들이니까······. 너희들은······.'

나는 그 아이들과 이런 저런 잡담들을 주고받으면서 한 시간 정도를 보냈다. 그러는 사이에 팜플렛 작업은 다 끝이 났다.

아무도 없는 JH고등학교의 앞 도로에 자전거를 내몰면서 나는 뉘엿거리는 오후의 태양을 쬐었다. 어제도, 오늘도 나는 일부러 성민이를 만나지 않았다. 혼자 생각에 잠기고, 홀로 남고 싶어하는 마음. 웰링턴에서 크리스마스를 맞던 그 날 아침과 똑같은 기분이었다.

나는 가슴을 답답하게 짓누르는 무거운 감정을 안고서 슬슬 페달을 굴렸다. 이번에는 외로움과 그리움이라는 단어를 속삭이는 바람의 소리에 나는 아무 저항 없이 귀를 기울였다.

입에 뼈다귀를 물고 거실에서 이리저리 뒹굴던 우리집 강아지 은혜. 항상 바쁘게 전화를 받으시며 상담에 여념이 없으시던 어머니. 그리고 늘 TV를 보시다가 스르르 소파에서 잠들곤 하시던 아버지······.

푸른색 승용차 한 대가 내 옆을 지나갔다. 스윽하고 유리창이 열리더니 앞자리에 앉은 두 명의 금발머리 여학생들의 얼굴이 그

218

모습을 드러냈다. 근처의 또 다른 고등학교 학생들이었다. 나에게 길을 물어보려고 하나 싶어서 나는 슬쩍 그들의 얼굴들을 살폈다.

"헤이, 이봐! 너 어디에서 온 애냐? 자, 이거나 먹어!"

다 갉아먹고 남은 빨간 사과의 찌꺼기들이 순간 나의 얼굴과 옷에 튀었다. 나는 반사동작으로 눈을 감으면서 한쪽 팔로 얼굴을 가렸다.

"봤냐? 쟤 표정 봤냐 하하!"

끼익하고 떠나가는 자동차의 바퀴소리와 함께 깔깔거리는 웃음소리들이 온통 하늘을 찔렀다. 그리고는 차창이 올라가는 그 틈새 사이로 또 하나의 사과 기둥이 튀어나왔다. 내 자전거의 바퀴 사이에 걸리면서 그것은 산산조각이 났다.

환상의 최후

나는 방에 들어와서 힘없이 침대에 걸터앉았다. 건너편 벽의 거울에서는 나의 잔뜩 구겨진 얼굴이 도로 나를 쳐다보고 있었고, 나는 고개를 푹 숙인 채로 10분, 20분이 지나가도록 멍하니 방바닥만을 바라보았다. 저녁식사 시간이 다 되어가고 있었지만 나는 교복도 벗지 않은 채 꼼짝도 하지 않았다.

"마크. 들어가도 돼요?"

문 건너편에서 둔탁한 웬디 아주머니의 음성이 들려왔다. 나는 마지못해 몸을 일으켜 삐끗 아주머니에게 문을 열어 드렸다.

"마크, 식사시간이 다 되었는데 나타나지 않길래……. 오늘 학교는 어땠어요?"

"다 잘 끝났어요."

나는 어두운 표정을 지으면서 머리가 아픈 사람처럼 이마에다가 손을 갖다 대었다.

"……왜 그래요 마크?"

아주머니는 힘없이 의자에 앉는 나를 바라보면서 나의 얼굴을 자세히 살폈다. 뭔가 잘못되어 있다는 것은 나도 알고 있었다.

"아주머니……. 좀 전에 학교에서 집으로 오는 길에……."

그 문장을 채 끝마치기도 전에 나는 울음을 터뜨리고 말았다.

"오, 마크……."

나는 책상 모서리에 이마를 댄 채로 한동안 격하게 흐느껴 울면서 훌쩍거렸다. 웬디 아주머니는 내내 나의 등을 두드렸다. 감정이 조금 가라앉았을 때에야 비로소 나는 말라가는 눈물을 닦아가면서 말을 이어나갔다. 나는 조금 전에 일어났었던 일부터 시작해서 며칠 전의 화장실 사건, 그 전에 비 오는 날 여자 아이들로부터 놀림을 당했던 일, 그리고 뉴질랜드에 온 지 1주일이 지나갈 무렵 인버카길 스타디움 옆에서 맥주병을 맞던 일 등을 고스란히 털어놓았다.

"마크……. 왜 그 때 우리들한테 얘기하지 않았어요. 왜 그 당시에 나한테 얘기를 안 했어요?"

나는 고개를 숙이면서 눈물 콧물로 범벅이 된 티슈들을 두 손에 꼬옥 쥐었다.

웬디 아주머니는 한동안 말이 없으셨다.

"북쪽 섬에 어머니 아버지가 계시다고 했죠, 마크? 주말에 한번 놀러갔다 오도록 해요……. 난 그런 일들이 있었다는 사실도 모르고……. 왜 우리들한테 얘기를 하지 않았어요 마크."

"그렇지 않아도 아이들을 넷이나 두고 계시는데 저까지……."

"마크, 학교 상담선생님한테는 얘기해 봤어요?"

"네, 타이리 선생님한테……."

"내가 전화기 갖다 줄 테니까, 부모님한테 한번 전화하도록 해요……. 힘들 때는 아무래도 가족이……."

웬디 아주머니로부터 무선전화를 받아든 후에 나는 크리스탈 스프링스의 번호를 눌렀다. 이번에는 교환원 뒤에 들려오는 것은 아버지의 목소리였다.

"명훈아! 우리 명훈이 잘 지내냐?"

"아빠……."

"별 일 없이 잘 지내고 있지?"

"응……. 엄마는 괜찮아 아빠?"

"아, 그 때 그거? 괜찮다. 엄마도 다 이해한다. 그나저나 너 언제 시간 나냐? 한번 여기로 올라왔으면 좋겠는데. 이번 주 토요일쯤에 혹시 시간 나니?"

"응, 이번 주말에……."

"아빠, 엄마 거기 없어?"

"아, 가만있자 엄마가……. 엄마 지금 여기 사람들하고 산책하러 나간 거 같은데. 뭐, 전해줄까?"

"아냐……."

"주말에 올라오기 전에 한번 더 우리들한테 연락줘. 알았지?"

"응."

"그래……."

미끄럼틀

1997년 3월 14일. B동에서의 그래픽스 수업이 끝나고 나서 나는 교실 밖 복도 끝에 있는 화장실로 슬쩍 들어갔다. 남들이 카페테리아로, 운동장 앞 벤치로 몰려갈 즈음에 나는 아무도 없는 화장실 속으로 그렇게 기어들어갔다. 나는 변기 뚜껑 위에 샌드위치와 음료수를 꺼내놓고 바닥에 가방을 깔고 앉아 혼자 점심을 먹기 시작했다. 변기 칸 뒤가 벽으로 막혀 있는, 구석진 이 B동 화장실을 사용하고자 하는 JH고등학교 학생들은 별로 없었다.

… 언제나 털털하고 호탕했던 성민이와 함께

"명훈이 형! 그동안 어디 가 있었어? 엊그저께도 안 보이구. 어제도, 오늘도 점심시간에 혹시나 해서 D동 건물 앞에서 계속 기다렸었는데……."

마지막 컴퓨터 시간에 마침내 나는 성민이와 부딪혔다.

"미안해 성민아, 내가……."

"형, 어디 아퍼? 살도 저번보다 조금 빠진 것 같은데……."

"몸이 좀 안 좋아서 화요일에는 결석했었어……."

"점심시간마다 기다렸었는데……. 전화라도 하지. 내가 싫어진 거야? 아잉……. 싸랑해 명훈이형!"

성민이는 내 팔을 껴안았다.

"성민아……. 나 요즘 학교생활……. 아무것도 하고 싶지 않고, 먹고 싶지도 않아……."

"형……."

컴퓨터 수업을 하면서도 내내 나는 허무한 눈으로 초점 없이 화면만을 바라보았다. 수척해진 나 자신의 반사된 상이 모니터 유리 속에 힘없이 앉아 있었다.

하교 길에 성민이는 내 자전거를 대신 끌어주면서 내가 들려주는 이야기들을 조용히 들어주었다. 그 때 나는 성민이에게도 예전에 그가 모르고 있었던 일들을 전부 털어놓았다.

"성민아……. 나 앞으로 어떻게 학교생활을 해나가야 될지……. 더 이상 어떻게 해나가야 될지 모르겠어……."

"명훈이 형, 용기를 가져. 형이 아직 적응하는 중이라서 그래. 아직 여기 온 지 4개월도 안됐잖아?"

"첨에는 참 괜찮았는데, 첨에는……."

"나도 그랬어 형. 애들이 놀리고 그러는 거……. 그런데 애새끼들 내가 언제 열 받아 갖구 학교에 태권도 검정 띠를 가져왔었거든. 그랬더니 뚝 그치더라구. 맘 약한 새끼들이야, 여기 뉴질랜드 애들은."

"넌 그래도 몸집이 크니까 애네들이 함부로 못하는 거지. 날 보라구……."

"참 나, 형이 어때서 그래? 형보다 못한 뭐냐 그 일본에서 온 놈, 걔도 멀쩡히 학교 잘 다니고 그러잖아."

"그래도……."

"그리고 걔, 태식이. 목 그렇게 삐꾸같이 하고 다녀도, 학교 잘만 다니는데 뭐. 다 자신감 문제야 형. 자신감을 가져. 그리고 싸랑을 해, 싸랑을!"

나는 피식 웃었다. 그러면서도 한편으로는 나 자신이라는 존재가 마치 성민이의 그런 털털함과 호탕함을 빨아먹는 기생충인 것처럼 보여 또한 비참함을 느꼈다.

"성민아, 나는 네가 참 부럽다."

"아이, 왜 그래 갑자기 명훈이 형, 징그럽게."

"그냥 너의 그 성격하구 외모 같은 게 다 부러워……."

"참 나, 왜 자꾸만 그래 명훈이 형. 난 오히려 형이 부러울 때가 있어. 영어 잘하지. 책 썼지……. 원래 다 상대방의 인생이 더 좋아 보이는 법이야. 형은 딴 거 없구 자신감만 조금 기르면 된다니까."

"그래……."

성민이의 홈스테이 집에서 한두 시간을 보내고 나서 집에 돌아왔을 때, 웬디 아주머니는 어디론가 급히 나갈 것처럼 분주한 모습이었다. 재러드와 데이먼은 평상시와 다름없이 거실에서 만화영화를 보고 있었고, 다니엘라와 로셀은 부엌에서 파스타 *Pasta*와 소시지를 해먹고 있었다. 리처드 아저씨는 아직 회사에서 돌아오지 않은 모양이었다.

"마크, 마침 잘 왔어요. 그렇지 않아도 '꽉' 네 집에 전화를 해볼 생각이었는데. 거기 가 있었나요?"

"네……."

웬디 아주머니는 코트를 헐레벌떡 입으면서 차 열쇠를 핸드백에서 꺼냈다.

"오늘 저녁에 엘더 선생님 댁으로 가기로 되어 있어서……."

"엘더 부교장선생님이요?"

나는 책가방을 어깨에서 스르르 내려놓으면서 물었다.

"개인적으로 만나보시겠다고 오늘 학교에서 전화가 왔어요. 저녁식사 초대니까 맘 편하게 먹어도 괜찮아요 마크."

"옷은……."

"그냥 입고 가요. 교복인데요 뭘."

미이라

나는 접시 위의 완두콩과 옥수수 낱알들을 떠먹으면서 양전히 음식물들을 소리 없이 씹어 넘겼다. 웬디 아주머니와 엘더 선생님도 식탁 맞은편에서 식사를 하고 있었다. 밖은 이미 어두워져 있었다. 나는 초조했다.

"마크, 며칠 전에 타이리 선생님으로부터 화장실에서 일어났었던 일을 전해 들었어요. 그리고 그동안 일어났었던 일은……."

"괜찮아요. 다 지난 일인데요……."

나는 수치심과 불쾌함이 뒤섞인 감정을 애써 숨기면서 웃음을 지어 보였다. 나의 그 가면은 너무나도 얇았다.

"마크 학생이 학교생활을 힘들어 한다는 얘길 웬디 아주머니로부터 전해 들었어요……."

엘더 선생님으로부터 그 말을 전해 듣는 순간 나는 뭐라고 딱 표현할 수 없는 기이한 감정이 온몸을 뚫고 지나가는 것을 느꼈다. 창피와 부끄러움, 그리고 송두리째 뽑힌 자존심이 두 성인 뉴질랜드 사람들 앞에서 발가벗은 채로 앉아 있었다. 나는 얼굴을 들 수가 없었다. 거실로 자리를 옮긴 후에도 그것은 마찬가지였다. 한동안 수업 얘기와 학교생활에 대한 이야기들이 오고갔고, 나는 내내 고개를 끄덕이면서 억지웃음을 지어 보였다. 그러면서 갈수록 나의 얼굴은 벌겋게 달아올랐다.

엘더 부교장선생님과 웬디 아주머니는 진심으로 나를 이해해주고 위로하면서 상담을 해주려는 시도를 하고 계셨지만, 벌겋게 충혈된 나의 독사 같은 두 눈은 '너희들은 단지 내가 돈이 많이 생기는 해외 유학생이니까 적당히 구슬려서 붙잡아 두려는 거야.' 하는 의심으로 그들을 바라보았다. 나는 나 자신을 통제할 수가 없을 것만 같았다. 손은 떨리기 시작했고, 후끈거리는 땀이 온

몸을 뒤덮었다.

"마크, 지금 생각하고 있는 것이 뭔가요? 한번 솔직하게 말해보세요."

엘더 선생님은 커피를 소리 없이 들이키시며 따뜻함이 깃든 눈을 깜빡거렸다. 커다란 거실 창 밖으로 거리에 있는 어둡고 침침하게 늘어선 집들의 그림자들이 보였다.

"지금……. 저기 2층집 지붕에 올라가서 뛰어내리고 싶어요."

혀가 나의 뇌를 거치지 않고 곧바로 내 마음을 뱉어내는 것 같았다. 예상 외의 내 대답에 엘더 선생님과 웬디 아주머니 두 분 모두 적잖이 당황한 듯했다. 그 순간 한 꼬마 여자아이가 거실로 아장아장 걸어들어 왔다.

"오, 샐리……. 우리들이 너를 깨웠는가보구나. 이리와. 엄마한테 오렴……."

엘더 선생님은 자신의 딸을 품속에 꼬옥 안아 들었다. 조용한 몇 초가 지나간 후에, 이윽고 웬디 아주머니가 조심스럽게 말을 꺼냈다.

"마크, 힘들고 괴로운 건 알지만……."

"그냥 지금……. 누군가를 죽이고 싶은 생각이 자꾸만 들어요……. 누군가를 죽여 버리고 싶어요 지금."

나는 후들후들 떨면서 울먹였다. 그러나 그것은 슬프거나 감정이 복받쳐 터져 나올 때의 그런 눈물들이 아니었다. 나를 비웃던 뉴질랜드 아이들에 대한 분노와 원한으로부터 쥐어 짜여져 나온 시뻘건 눈물들이었다.

"샐리……. 샐리, 그만 방으로 들어가거라. 엄마가 곧 갈게."

"마크……."

내가 웬디 아주머니의 차 옆에서 팔짱을 끼고 회색빛 밤하늘을 올려다보고 있을 때, 엘더 부교장선생님과 웬디 아주머니는 저만치 떨어진 현관에서 나를 가끔씩 흘겨보며 바쁘게 말을 주고받고 있었다.

"마크……. 엘더 선생님이 한 일주일쯤 쉬었다가 학교에 다시 나오도록, 안정을 취한 다음에 다시 학교에 나오라고 하셨어요."

내 방으로 돌아왔을 때 비로소 웬디 아주머니는 말을 꺼냈다. 나는 망연자실한 표정으로 의자에 몸을 내맡겼다.

"어머니한테 꼭 전화를 해보도록 해요, 마크. 지금 그 어느 때보다도 마크에겐 어머니가 필요해요."

소금물

"엄마……."

"어, 명훈이니? 웬일이냐 이렇게 늦은 시간에? 엄마 아빠 지금 막 숙소로 들어가는 중이었는데. 그래, 너 이번 주말에 여기로 올라오기로 했다며? 비행기 도착시간 알려 줄려고 전화했어?"

"아냐 엄마……."

"왜, 무슨 또 다른 일 생겼어? 못 올라올 것 같아서 그래? 오기 싫어?"

"엄마……. 나 집에 가고 싶어."

"명훈아, 왜……. 너 잘하고 있다고, 재미있게 잘 지내고 있다고 저번 주에 그랬잖아. 아냐?"

"보고 싶어……."

"아이고 명훈아……."

"엄마……. 나 조금 전에 여기 고등학교 부교장네 집에 갔었어……. 근데……. 내가 뭐라고 했는지 알아? 뭐라고 했는 줄 아냐구! 나……. 2층에서 뛰어내리고 싶다고……. 누군가를 죽여 버리고 싶다고 그랬어……. 누군가를 죽인다구!"

"명훈아!"

"엄마랑 아빠 빨리 여기로 안 오면……. 나……. 내일 모레면 여기 없을지도 몰라 엄마……. 나 죽을 거야 엄마……. 죽고 싶어. 나 지금 무서워 엄마……! 너무나 무서워 지금!"

"명훈아! 전화 끊지 마, 명훈아! 아빠 불러올게!"

"……명훈아!"

"아빠……."

"왜 그래! 너 무슨 일이냐?"

"아빠, 엄마랑 빨리 여기로 내려와 줘. 내일 당장 여기로 와……. 나 데리고 다시 한국으로 돌아가 줘! 나 좀 제발!"

"여보 다이애나 씨한테 지금 빨리 비행기 편 좀 알아봐 달라고 그래. 빨리! 아이, 상관없어! 내일 인버카길로 가는 제일 첫 비행기로! 빨리!"

"아빠……."

"명훈아! 너 무슨 짓 하지 마! 꼭 붙들고 있어!"

엘리시언 들판

1997년 4월 27일. 호주의 시드니 공항을 잠시 거쳐가는 동안 나는 화장실 거울 속에서 하늘색 남방에 허름한 황색 반바지를 입은 한 검은 머리 소년을 만났다. 하지만 나는 그 소년의 옆으로 짝 찢어진 동양적인 눈을 피하지 않았다. 아무도 없는 빈 화장실 속에서 나는 거울 속의 나 자신을 쳐다보면서 마치 머리가 돈 사람처럼 실실 웃기 시작했다.

공항 속의 사람들은 커다란 짐과 가방을 들고 바쁘게 오고갔다. 활짝 웃는 사람, 근심 어린 표정으로 초조하게 비행기 이륙시간을 기다리는 사람, 다리를 꼬고 앉아 신문을 보는 사람. 수많은 사람들과 저마다의 사연들. 이곳에 도착하고 그 어딘가를 향해 또다시 떠나는 인생들. 나는 어디를 향하고 있는 것이었을까.

"엄마, 우리 사진 찍어요!"

창 밖의 따뜻한 시드니의 날씨를 등지고 있다가 나는 의자에서 캥거루처럼 팔짝 뛰어올라 사진기를 꺼내들었다.

"에그, 우리들 셋 다 옷도 더럽고 머리도 엉망인데 정말로 찍고 싶냐?"

"공항뿐이긴 하지만 기왕 시드니에 온 것, 기념으로 한 장 찍어야죠!"

내가 울면서 크리스탈 스프링스에 계신 어머니 아버지에게 전화를 건 뒤에 실패와 후회의 고통스런 눈물로 밤새도록 베개를 적셨던 그 날 밤. 그 바로 다음날 어머니와 아버지는 마치 천사처럼 날아와 나를 북쪽 섬으로 데리고 가셨다. 크리스탈 스프링스 마타

··· 부모님은 내가 힘들 때마다 마치 천사처럼 나를 붙들어 주셨다.

··· 뉴질랜드 크리스탈 스프링스에서 어머니와 즐거운 한때

··· 크리스탈 스프링스에서
나는 세계 각 국에서 온 사람들을 만났다.

마타의 YWAM본부에서 한 달간 어머니 아버지와 함께 생활하면서 나는 매일 밤마다 어머니 아버지 사이에 껴서 잠이 들곤 했었다. 우리 셋은 울기도 참 많이 울었다.

저녁 시간마다 우리 가족의 조그만 막사에서 벌어졌던 우노 *UNO* 카드놀이, 어머니와 매일 밤 함께 치던 클래식 기타……. 나는 아버지, 그리고 세계 각국에서 온 사람들과 함께 페인트칠을 하고 봉사활동을 하면서 차츰 기력을 회복해 갔고, 그런 것들을 통해 정신분열의 문턱에서 가까스로 나 자신을 일으켜 세웠다. 아버지는 결국 나를 위해 자신의 미국 강연회 일정까지도 포기하셨다.

나의 어머니와 아버지. 내가 그토록 거부하고 부정하고 싶어하던 나의 반사된 이미지들이 카메라 렌즈 속에서 미소를 짓고 있었다. 아무렇게나 붕 떠 있는 흰색 머리에 창고 세일에서 단돈 2달러를 주고 산 파란색 점퍼를 걸쳐 입은 50이 막 넘은 저 아저씨를 누가 교수라고 생각할까. 껌을 씹으면서 슬리퍼에 반바지 차림으로 앉아 있는 저 아줌마를 누가 한 상담소를 운영하는 사람이라고 생각할까.

하지만 남이 우리를 어떻게 쳐다보든, 지나가는 서양인들의 파란색 눈에 우리가 어떤 굴절된 모습으로 비쳐지든, 나는 상관이 없었다. 내가 그토록 찾아 헤매던 행복과 기쁨, 그리고 사랑……. 나는 누런 슬리퍼와 2달러짜리 촌티 나는 파란색 점퍼 사이의 그 작은 세상 속에서 그 모든 것들을 보았다.

망고 탱고

5개월 전, 나는 힘찬 자신감과 꿈을 가슴에 품고 뉴질랜드 땅을 밟았었다. 어린 시절 미국에서 좇던 그런 환상을 실현해 내리라는 희망을 안고서 나는 한국을 떠났었다. 하지만 결국 나는 어디까지 갔던 것이었을까. 자전거와 야구공, 뉴질랜드 역사책과 전자기타가 지나가고 내 손에 남은 것은 결국 무엇이었을까. 나는 김포공항을 향하는 비행기 안에서 지나간 5개월 동안 나를 비추었던 사람들의 얼굴들을 하나씩 떠올려보았다.

떠나는 날 JH고등학교 카페테리아에서 특별 송별 파티를 열어주셨던 엘더 부교장선생님, 마지막으로 작별을 하는 순간까지도 칭찬과 격려를 아끼지 않았던 리처드 아저씨와 웬디 아주머니, 다니엘라와 로셸, 그리고 재러드와 데이먼. 크리스탈 스프링스에 놀러와 결국 기독교의 예수를 마음속으로 영접했던 성민이, 역사 시간에 늘 내 옆에 앉던 케이트, 내 편이 되어 주었던 에이미와 크리스틴, 항상 밝게 웃던 마치루와 일본 청소년 농구선수였던 다까, 그리고 지금도 인버카길에 남아 있을 미진이 누나와 태훈이⋯⋯. 나는 창밖의 하얀 구름을 바라보았다.

"콜라 드릴까요? 아니면 사이다나 커피?"

"저⋯⋯. 혹시 망고 주스 있어요?"

12년 전 미국으로 떠나던 날 비행기 안에서 시켰던 그 똑같은 과일 주스를 나는 또 들이켰다. 저 앞의 화면에서는 영화 속 주인공들이 차를 타고 총을 쏘며 유리창을 깨부수면서 빌딩 하나 전체를 가지고 놀고 있었다. 그리고 내 손에는 몇 시간 전 시드니 공항

에서 구입한 MAD잡지의 느끼하고 능글맞으면서도 웃긴 앞프레
드 E. 뉴먼 *Alfred E. Newman*의 얼굴이 쥐어져 있었다.

"좀 더 자, 명훈아."

나는 지그시 눈을 감았다. 아직 한국에 도착하려면 몇 시간을
더 날아가야 했다. 두 번 다시 날지 않겠다던 그 구름 위를, 몇 십
년이 지난 뒤에야 다시 밟겠다던 그 길을, 나는 한시라도 빨리 걷
고 싶어 견딜 수가 없었다.

에필로그

한국아, 안녕!

그동안 잘 지냈니? 정말 오랜만이지? 가끔씩 편지라도 주고받으면서 서로 소식도 계속 전하고 그랬으면 참 좋았을 텐데, 바쁘다는 핑계만 대고 내가 연락을 안 한 거지, 후후! 벌써 5년이라는 세월이 또 흘렀구나. 시간이 참 빨리도 가는 것 같아, 그치? 뉴질랜드를 향해 떠날 때까지만 해도 이제 한 십 년 정도는 네 못생긴 얼굴을 안 봐도 되는구나 하는 생각에 사실은 속으로 무척 기뻐했었는데…….

나, 사실은 뉴질랜드에서 반년도 못 버티고 다시 돌아왔어. 나 그냥 초라하게 실패하고 도로 돌아와 버렸어. 사람 일이 꼭 생각대로 풀리지 않는다는 말이 맞긴 맞나봐. 내가 잘 적응하지 못한 것이겠지만……. 너랑 뉴질랜드로부터 각각 한 대씩 얻어맞은 셈이지 뭐.

가끔씩 그 때를 돌아보면 후회가 되기도 하고 시간과 돈을 낭비한 것 같아 아까운 생각이 들기도 해. 하지만 그 당시의 경험들 덕분에 나는 나대로 또 많이 성숙하게 되었다고 생각해.

사실 한국에 돌아와서 첨에는 앞으로 어떻게 해나가야 할지, 대학에 과연 갈 수 있을지, 모든 게 막막했어. 집으로 다시 돌아오게 되어 기쁘긴 했지만, 내게 남아 있는 게 별로 없었거든. 방송사들과 신문사들은 한국교육과 선생님들에 대한 반항심에 불타는 나를 보고 싶어했지만, 나는 삶의 의욕과 희망을 적잖이 상실한 대인기피증 환자가 되어 있었어. 요리사나 될까 하고 요리학원에 다니기도 했지만 그것도 실기시험에서 보기 좋게 떨어지고 말았지. 부모님과 친구들이 지금까지 곁에서 계속 나를 격려해 주고 도와주시지 않으셨다면 나, 아마 지금 이렇게 글을 쓰고 있지도 못했을 거야.

한국아, 넌 실패와 성공이 뭐라고 생각하니? 사람들은 보통 어렵게 공부해서 일류대학에 입학하거나 뭔가 대단한 일을 해냈을 때 책을 내곤 해. 그리고 사람들은 그런 영광과 승리의 순간들을 보고 싶어해. 나처럼 학창시절에 방황하고 돌아다닌 이야기를 쓴 책을 읽고 싶어할 사람은 어쩌면 별로 없을지도 몰라.

하지만 성공의 표준이라는 건 어디에도 없다고 생각해. 무엇이 성공이고 무엇이 실패인지, 그 기준은 사람들 각자의 마음속에 달려 있는 것이라고 생각해. 뉴질랜드에서 돌아와 대학교에서 성실하게 조용히 3년 동안 공부를 해온 것, 그리고 이렇게 군입대를 앞두고 너에게 편지를 쓰고 떠나는 것, 그 자체가 나의 작은 성공이라고 생각해.

사람들의 인생은 저마다 너무나도 달라. 나도 알아. 유학생활하면서 나보다 훨씬 더 고생 많이 하고 설움당하면서 살아가는 사람들도 많다는 거, 아무 문제 없이 잘 해나가는 사람들도 많다는 거, 나처럼 어린 시절을 미국에서 보내고 나서 다시 한국에 돌아와서도 아무 문제 없이 고등학교도 나오고 일류대학까지 들어가는 사람들도 있다는 거, 나도 알아. 하지만 사람들의 인생은 저마다 서로 그렇게 다르기에 세상이 그만큼 더 다채롭고 다양한 거겠지?

'당신은 나의 선생님이 될 수 없어요' 라는 작은 돌멩이를 네 얼굴에 던지면서 뉴질랜드로 떠나갈 때까지만 해도 나는 마음 한구석에 나를 힘들게 했던 교육이라는 '삶', 그리고 기성세대에 대한 격한 감정과 분노를 담고 있었어. 하지만 이제는 더이상 세상을 향해 입을 악 물면서 나를 괴롭히는 현실로부터, 예전의 내 모습으로부터 몸부림치면서 '살아남기' 위해 발버둥치고 싶지 않아. 이제는 내가 한때 거부하고 싶어했던 너의 현실과 함께, 너의 불완전하고 때로는 어설픈 모습들과 함께 '살아가고' 싶어. 네 몸 속의 아주 작은 세포에 지나지 않는 나지만, 나부터 변하고 아끼고 사랑하며 내 주변부터 조금씩 바꿔나갈거야. 내 수명이 다할 때까지 나는 최선을 다할 거야.

사람들은 그래. 요즘 우리 사회가 폭력적이고 더러워져 가고 있다고. 갈수록 사회가 삭막해져 가면서 순수한 것들이 사라져 가고 있다고. 아이들과 청소년들이 타락해 가고 있다면서 어른들은 혀를 차곤 해. 하지만 나는 그런 모습들이 결코 '문제' 라고 생각하지 않아. 그런 것들은 네가 들려주는 장엄한 음악에 끼어드는 재채기나 콜록거리는 기침 소리들일 뿐이라고 나는 생각해.

예전에는 모든 걸 긍정적인 눈으로, 희망을 가지고 바라보라는 어머니의 말씀을 나는 그냥 웃어넘기곤 했었어. 얼마나 약한 마음가짐이며 소극적인 자세냐구 하면서 막 비웃었지. 하지만 이제는 배워나가고 있어. 희망이 되는 것들을 찾아다니면서 절망이 되는 것들에는 눈살을 찌푸릴 게 아니라, 처음부터 희망의 눈으로 모든 것을 바라보면 된다는 것을 배웠어.

그래서 이제는 더 이상 '문제'라고 사회가 이름짓는 그런 소식들과 현실들에 나는 절망하지 않아. 오히려 나는 네가 그렇게 콜록대고 시름시름 앓는 모습 속에서 희망을 발견하곤 해. 아플 때는 진정 소중한 것들을 생각하게 되잖아?

한국아, 내 인생은 이제 겨우 시작일 뿐이야. 세상을 느끼고 만지는 과정 속에서 때로는 넘어지고 부딪히고 긁히게 될 거라는 걸 알아. 인생이 던져주는 여러 변속구와 커브들을 계속 주고받아야 한다는 것을 나는 알아. 앞으로도 상실과 이별, 아쉬움과 고통의 눈물들을 더 건져내게 되리라는 것도 알아······.

이제 나는 부모님과 친구들과 헤어져서 너를 지키러 가야 해. 20대의 5분의 1을 원치 않게 어디론가 강제로 끌려가서 보내야 한다는 생각을 하면 솔직히 억울한 느낌이 들어. 대학 여자친구들하고 함께 남은 대학시절 1년을 보낼 수 없다고 생각하면 허리를 다친 네가 무척 원망스럽기도 해. 그렇지만 너를 위해서 내가 할 수 있는 일이라면, 그것이 너에 대한 사랑을 실천할 수 있는 길이라면, 나는 기꺼이 그것을 영광스럽게 받아들일거야.

한국아, 나는 아직도 너를 사랑하는 법을 배워가고 있어. 좋은 나라, 살기 좋은 나라를 좋아하는 것은 정말 쉬워. 얼굴 예쁘고 몸매가 좋은 여자를 좋아하기는 정말 쉬워. 키 크고 잘 생긴 남자를

238

좋아하기는 정말 쉬워……. 솔직히 나는 미국을 좋아해. 뉴질랜드를 좋아해. 그들의 문화와 예술을 좋아해. 하지만 걔네들을 사랑하지는 않아.

넌 비록 작고 울퉁불퉁하고, 화도 잘 내고, 가끔씩 가다가 정신 나간 짓도 하고, 아프다고 끙끙대면서 수시로 투정을 부리고 온갖 발길질을 해대지만, 나는 그런 너의 모습이 사랑스러워. 그런 너의 모습들이 이제는 더 이상 싫지만은 않아.

한국아, 겨울은 가고 이제 곧 따뜻한 봄이 올 거야. 날씨가 풀리고 꽃들이 피어나기 시작하면, 네 몸이 좋아지고 너의 얼굴에 웃음 빛이 돌기 시작하면, 네가 행복해지기 시작하면 나에게 편지 한 통을 띄어 줘. 너의 미소를 다시 한번 나에게 보여줘. 그 순간을 언제까지나 기다리고 있을게.

명훈이가

"내 앞길은 분명치 않았다. 더구나 나는
쓰라린 상처를 안고 있었다. 이 지구 위에서
나는 아직도 방랑자였다. 그러나 나는 스스로의 힘 속에
좀더 굳건한 자신감을 갖고 있었다. 나는 이미 억압에서 오는
공포증에서 벗어났다. 내 잘못으로 인한 아물지 않던 상처도
이젠 다 회복되고 원한의 불길은 꺼졌다."

— 제인 에어

참고자료

참고문헌

· 편집부 편,《새로쓰는 청소년 이야기 · 1》, 도서출판 또 하나의 문화, 1997
· 편집부 편,《새로쓰는 청소년 이야기 · 2》, 도서출판 또 하나의 문화, 1997
· 김혜련,《학교 종이 땡땡땡》, 미래 M&B, 1999
· 이수경,《한국애들 정말 불쌍해》, 삼성출판사, 1999
· 황용길,《열린 교육이 아이들을 망친다》, 조선일보사, 1999
· 김동훈,《대학이 망해야 나라가 산다》, 바다출판사, 1999
· 이혜자 · 황보탁,《조기유학 성공하기》, 교문사, 2000
· 김성주,《나는 한국의 아름다운 왕따이고 싶다》, 중앙 M&B, 2000
· 김양현,《공부가 가장 싫었어요》, 미래 M&B, 2000
· 김동훈,《한국의 학벌, 또 하나의 카스트인가》, 책세상, 2001
· 심미혜,《미국교육과 아메리칸 커피》, 솔, 2001

참고기사

· 교사 · 학생 '칭찬' 릴레이 - 중앙일보 00.1.25
· '외국어 보통생' 미국가니 우등생 - 국민일보 00.5.23
· 2002 대입 '슈퍼맨 전형' - 중앙일보 00.7.22
· 조기유학 규제는 '정책 테러' - 중앙일보 00.8.25
· 약해서 강한 나라. 〈이시형의 세상 바꿔보기〉 - 중앙일보 01.1.4
· 평등한 교육 '한걸음 더' - 중앙일보 01.1.19
· "학교 가면 재밌다" 호기심 길러줘야 - 중앙일보 01.2.1

● 도움주신 분들

조윤민씨, 김현진씨, 서우석씨, 김두기씨, 김기훈씨, 김성진씨, 이준호씨, 유하경씨, 김지현씨, 이혜정씨, 김예원씨, 뉴스플러스 이형삼 기자님, 조선일보 한현우 기자님, 자유기고가 문영숙씨, 〈브랜드 팜〉의 이지미, 신정아씨, 〈대한번역개발원〉의 최미화씨, 청산고등학교 김경중님, 서울 개포 중학교 이영숙 선생님, 1994년 K중학교 김효중 선생님, 김준걸 선생님, 박경철 선생님, 이신평 선생님, 김예곤 선생님, 김재언 선생님, 정용직 선생님, 박병성 선생님, 1995년 F고등학교 서보석 선생님, 김기론 선생님, 연세대학교 조한혜정 교수님, 목원대학교 영어영문학과 문정일 교수님, 독어독문학과 정경량 교수님, 홍순길 교수님, 송임섭 교수님, 류종영 교수님, 손은주 교수님, 김정 교수님, 허상봉 교수님, 김태복 교수님, 김지연 조교님, 한완희 선배님, 나재춘 선배님, 박귀옥 선배님, 신학과 고선지님, 통계학과 정욱진님, 밴드 MINOR의 이윤찬, 송정주, 김길현

● 감사드립니다

나의 '독 트리오' 친구 황신옥, 영원한 나의 '큰 형님들' 김원배, 변화영, 박형근, 문상훈, 푸른 꿈을 키워나가는 류안선 양과 박혜진 양, 부산의 '홍분걸' 혜선이, 준용이형과 연희형, 나의 동기들 장봉준, 김덕, 양희진, 이주경, 강순모, 백주희, 장원석, 정슬기, 송진아, 진운정, 우재희, 김혜구, 이정윤, 그리고 끝으로 커다란 모험을 걸어주신 김철종 사장님과 박시형 이사님, 그리고 가슴 졸이며(?) 수고해주신 이진영 편집부 과장님과 한언 가족 여러분들께 무한한 감사를 드립니다.

저자에 관하여

정 명 훈

1979년 서울 서초동에서 출생. 대전 내동초등학교 입학.

1학년을 마치고 도미,

미국 배녹번 스쿨(Bennockburn School)에서 4학년까지 다님.

귀국. 대전에서 초등학교 5학년부터 중학교 졸업할 때까지 6년 간 생활.

고등학교 입학하자마자 4개월만에 자퇴. 1996년 검정고시 합격.

1997년 뉴질랜드 유학.

1998년 대전에 있는 목원대학교 독어독문학과에 입학.

3학년을 마치고 입대함. 2002년 현재 대한민국 국군으로 복무 중.

〈http://www.hesseweb.com〉

한언의 사명선언문

―. 우리는 새로운 지식을 창출, 전파하여 전 인류가 이를 공유케
  함으로써 인류문화의 발전과 평화에 이바지한다.

―. 우리는 끊임없이 학습하는 조직으로서 자신과 조직의 발전을 위해
  쉼없이 노력하며, 궁극적으로는 세계 최고의 출판사를 지향한다.

―. 우리는 정신적, 물질적으로 세계 초일류 출판사에 걸맞는 최고
  수준의 복지를 실현하기 위해 노력하며, 명실공히 초일류 사원들의
  집합체로서 부끄럼없이 행동한다.

저희 한언인들은 위와 같은 사명을 항상 가슴 속에 간직하고
양질의 책을 만들기 위해 최선을 다하고 있습니다.
독자 여러분의 아낌없는 충고와 격려를 부탁드립니다.

- 한언가족 -

Haneon's Mission statement

―. We create and broadcast new knowledge for the advancement of
  the whole human race and world peace.

―. We do our best to improve ourselves and the organization, with
  the ultimate goal of striving to be the best publishing company in
  the world.

―. We try to realize psychological and physical welfare of the
  highest quality, welfare that is fitting of the best publishing
  company. Our employees are proud members of this outstanding
  organization and behave in a manner that reflects our mission.

We, Haneon's members, always try out best to keep this
mission in mind and to produce good quality books.
We appreciate your feedback without reservation.

- Haneon family -

대한민국에서
학생으로 산다는 것

2002년 5월 6일 1판 1쇄 펴냄 / 2002년 6월 15일 1판 3쇄 펴냄

지은이 정 명 훈
펴낸이 김 철 종
펴낸곳 (주) 한언
등록번호 제1-128호 / 등록일자 1983. 9. 30

서울시 마포구 신수동 63-14 구 프라자 6층 (우 121-854)
TEL : (대)701-6616, FAX : 701-4449
E-Mail : haneon@kornet.net

저자와의 협의하에 인지 생략

ISBN 89-5596-016-6   03800

책임편집 김세원 / 디자인 김미영